人嫌いと聞いていた王太子様が
溺愛してくるのですが？
～王太子妃には興味がないので私のことはどうぞお構いなく～
月神サキ
Illust. m/g

シリウス
アウラウェイン王国の王子。
ある理由から人嫌いになり、
後宮にも興味が
無かったが…！
「こうして君と一緒に空を見上げる時間を
私はかけがえのないものだと思っている」
「シリウスと一緒に星を見るの、
私、結構好きみたい」
スノードロップ
ラインベルト公爵令嬢。
前世の記憶があり、
後宮でも趣味の天体観測を
楽しんでいたら…。

「お嬢様のお世話は誰にも譲りません！」
「近づかないで。あなたと一緒にされたくないの」
ミラ
公爵家時代からのスノードロップ専属のメイド。
シャロン
レイテール公爵令嬢。シリウスの正妃候補の一人。
リゲル
レーマン侯爵子息。スノードロップの幼馴染で、シリウスの側近。
「べ、別に俺はお前に興味がないわけではない！」

「――ねえ、スノウ。嫉妬したんだ。私の機嫌を取ってよ」
「っ……！」
耳元で囁かれた声は低く、腰にゾクリと響いた。
ここは実家で、こんなことをするのはよくないと
思うのに、彼の欲に煙られた表情を見ていると、
それも仕方ないのかなという気持ちになってくる。

人嫌いと聞いていた王太子様が溺愛してくるのですが？

～王太子妃には興味がないので私のことはどうぞお構いなく～

月神サキ

Illust. m/g

目次

序章　スノウ、後宮へ

アウラウェイン王国。

エリュシオン大陸の南側にある自然豊かな国だ。

海と山に囲まれ、広大な平野部も有している。

王都ミシランは多くの人が行き来しており、その賑わいは毎日祭りでも開かれているのかと思うほど。近くには港町もあり、船での交易も盛んだ。

昔は戦争もあったが、ここ三百年ほどはそれもなく、皆、平和に暮らしている。

そんな国の、王都の中心街に屋敷を構えるラインベルト公爵家に私、スノードロップ・ラインベルトは十九年前、銀色の髪、紫色の瞳という容姿を持って生を受けた。

ラインベルト公爵夫妻――つまり私の両親は娘の誕生を心から喜び、その三年後に産まれた弟共々、今に至るまで大切に育ててもらっている。

ラインベルト公爵家といえば、王家に次ぐ家柄としても有名。

そんな家で愛情を目一杯受け、何の問題もなくすくすく育つはずだった私は、何の因果か五歳の頃、高熱を出した折に前世というものを思い出してしまった。

前世――私がスノードロップとして生まれる前の人生。

　人は死ねば、いつかは生まれ変わり戻ってくるという思想があることは知識として知っている。だが、まさか自分が体験するとは思わなかった。

　しかも私が前世で生きていたのは、地球という惑星の小さな島国――日本《にほん》だ。

　そこは科学技術が非常に発展していて、生活習慣や価値観に至るまで、今私が住んでいる世界とはだいぶ異なっていた。

　そう、私は異世界に生きていたのだ。

　そこでの私はどうだったか。記憶によれば、成人女性。

　普通に仕事をし、時には趣味を楽しんだ、どこにでもいる当たり前の女性だった。

　いつどこで、どうやって死んだかまでは思い出せなかったが、あまり快くない記憶だろうことは予測できるので、今後も思い出す予定はない。

　別に必要ないし。

　とにかく、その異世界人（成人済）としての記憶を僅《わず》か五歳で思い出してしまった私は頭を抱えたのだけれど、幸い熱で寝込んでいる間に記憶の整理ができたので、混乱を起こすことも家族に変な眼で見られるようなこともなかった。

　思い出したものは仕方ない。要らない記憶はしまっておけばいい。そう割り切ったのである。

　多少、価値観が前世寄りになってしまったところはあるし「あの子、変わってるわね」と変な目で見られることも多々あるが、所詮は他人の評価。

家族には愛されているので、そこまで気にしていない。

生まれ変わったこちらの世界に民主主義はなく、王制で貴族社会なのだけれど、十九年も生きていればさすがに馴染《なじ》む。

受け入れられるものは受け入れ、受け入れられないものは……できるだけ避ける。

そんな感じで生きてきた――のだけれど。

◇◇◇

ある午後、公爵家にある図書室で読書をしていると、王城から帰った父がやってきた。

公爵家当主である父は、王城では財務大臣として勤めている。国庫を管理する重要な役割だ。

そのため父は基本的には王都の屋敷におり、領地に帰ることは殆《ほとん》どなかった。

代わりに母が頻繁に戻り、領地経営をしている。

元侯爵家の娘であった母には領地経営の知識があるのだ。最初は多忙な父の助けになればと思って始めたことらしいのだが、どうやら性に合っていたようで、今では辣腕を振るっている。

今も母は領地に行っており、来週まで帰ってくる予定はない。

「はい、お父様」

「スノウ、ちょっといいか」

将来の勉強になるからと弟も連れて行っているので、使用人を除けば、王都の屋敷には私と父しかいなかった。

できれば私も連れて行って欲しかったのだけれど、父が「ひとりになるのは嫌だ」と言うので残っているのだ。

父は厳しい目つきと氷のような冷たい態度で皆から恐れられている人なのだけれど、私たち家族だけは実は寂しがり屋な愛情深い人だと知っている。

そんな父が、王城からいつもより二時間も早く帰ってきた。

財務大臣としての仕事が忙しいだろうにどうしたのだろうと不思議だったが、どうやら私に話があり、早く帰宅してきたらしい。

父の顔を見れば懊悩《おうのう》に歪んでおり、あまり楽しくない話であることは明白だった。

読んでいた本を本棚に戻し、父に向かう。父は身長があまり高くないので、女性としては上背がある私とあまり目線が変わらない。

「……ええと、談話室に移動しますか？　それか、お父様の執務室にでも……」

「いや、いい」

短く否定の言葉が返ってきた。

そうして複雑そうな顔で私を見た。

「お父様……？」

「いや……な。うむ……言いたくはないが話さないわけにもいくまい。実はな、先ほど陛下に命じられたのだ。お前を殿下の後宮へ入れろ、と」

「えっ、後宮⁉」

目をパチクリさせる。予想もしていない話だった。

父の言う後宮とは、国王や王太子の妻を住まわせる場所のことだ。

この世界では大抵どこの王家も一夫多妻制を敷いていて、正妃がひとりに、愛妾と呼ばれる側妃は何人でも娶《めと》ってよいことになっている。

今の国王も自分の後宮に正妃と愛妾を三十人ほど住まわせている。

そして父が今言った『殿下』――シリウス王子にも彼のための後宮があった。

シリウス王子。

現国王の跡取りで、正妃が生んだ唯一の息子だ。年は二十二歳。

愛妾たちにも子供はいるが、なんと全員が娘。そのため、アウラウェイン王国を継ぐのはシリウス王子しかいないと言われている。

正妃の子で男児ともなれば、それも当然だろう。

そのシリウス王子だが、まだ正妃は決まっていない。

更に彼はあまり外に出るタイプではないらしく、その容姿や人となりを知る者は少ない。金髪だというくらいだろうか。私も公爵家の娘だが、一度も会ったことがなかった。

そんな人の後宮へ。

公爵家の娘として、命じられれば断る術はないのだけれど、それでもつい言ってしまう。

「えっ、嫌なんですけど」

日本で生きてきた記憶を持つ私には、一夫多妻制を厭《いと》う感覚があるのだ。

ひとりの男性に対し、たくさんの女性。

うん、嫌悪感がどうしても先に出る。

これまで育ててもらった恩もあるし、別に誰かに嫁ぐのは構わないが、大勢妻を持つ人のところへは行きたくない。

とはいえ、諦めなければならないのだろうけど。

父は国王命令だと言っていた。それならもう全部呑み込んで後宮に上がるしかない。

それがこの世界で『生きる』ということなのだから。

「…………」

――私も運がないわね。

王家以外なら一夫一妻制だったのにと思いつつ、溜息を吐《つ》いていると父が言った。

「安心しろ、スノウ。私もお前を王家へやる気はない」

「えっ……？」

――たった今、後宮に上がれと言ったのに⁉

真意が掴《つか》めず父を見る。父は後ろで手を組み、窓際まで歩いていった。その後ろを追う。

「お父様？」

「誰が可愛いお前を王家へなどやるものか。確かに王家との繋がりはできるが、それ以上に苦労の多い場所。そんなところにお前を嫁がせるつもりはない。だからスノウ、一年だ。一年だけ我慢してくれないか？」

「……一年？」

父を窺《うかが》う。父は窓を開け、外に目をやった。

今日は天気がよく、心地いい風が室内に入ってくる。

「実はな、陛下曰く、殿下は今まで一度も後宮にお通いになられていないようなのだ」

「えっ……!?」

驚き、父を見る。彼は深く頷《うなず》いた。

しかし一度も後宮に訪れていないなんて、そんなことが本当にあるのか。

シリウス王子のための後宮ができたのは、彼が十五になった年で、当時後宮には多くの女たちが集められたと聞いている。

その後宮には独自のルールがあり、集まった女たちは従わなければならないと定められていた。

後宮のルール。中でも一番知られている規則が『一年制』である。

一年制。

簡単に説明するなら、通いがなければ一年でお役目終了というものである。

後宮入りが決まった女性は、まずは妃候補として遇される。

ここで注意して欲しいのは、あくまで候補であり、妃ではないということ。

通いがあればそこで各々の身分に応じて愛妾、もしくは正妃として召し上げられることとなる。

逆に通いがなければ『候補』のまま。何もなく一年が過ぎれば候補からも外され、後宮を出ることが定められているのだ。これが一年制。

つまり、王子が一度も後宮に通っていないということは、だ。

「シリウス殿下には、ひとりも愛妾がいないのですか？　それどころか、毎年後宮の面子が全員変わっているとそういう？」

「そうだ。いるのは候補だけだ」

「……うわ」

重々しく頷かれ、頬《ほほ》が引き攣《つ》った。

毎年、後宮の女性が総入れ替え状態になっているのか。しかも七年もの間。

後宮の人数は、平均二十人程度。それが毎年総入れ替えともなれば、いい加減、後宮に入れる女性もいなくなるのではないだろうか。

何せ、後宮に入れる身分は決まっている。

少なくとも親が爵位持ちでないといけないのだ。

彼女たちの中から将来の国母が生まれると考えれば、それも当然なのだけれど。

ドン引きする私に父が言う。

「陛下も、何度も殿下に言ってはおられるのだ。正妃を決めるのは後回しでいい。まずは愛妾だけでも設けないか、と。だが、殿下は頑なに後宮へ行くことを拒まれてな。結果、集められた女性たちは殿下のお顔を見ることもなく後宮を去るという悪循環が起こっている」

「……うっわ」

「お前は公爵家の娘だ。当然、正妃候補として上がることとなる。だが間違いなく、殿下がお顔を見せられることはないだろう。スノウ。これは一年だけ我慢するという話なのだ。一年後宮で過ごし、何事もなく屋敷に戻ってくる。お前に求められているのはそれだけだ」

「……最初にお父様がおっしゃった一年ってそういう？」

「そうだ」

「…………」

黙り込む。

今まで一度も後宮に姿を見せなかった王子。彼が何を考えているのかは分からないが、いきなり宗旨替えして後宮へ来るようになる……なんてことはなさそうだ。

「お前に後宮へ上がれというのは、正妃候補となれる娘がもう殆ど残っていないというところから来た話なのだ。今朝方、執務室へ書類を持っていった際に陛下から『そうだ。確かお前のところの娘はまだ息子の後宮に上がったことがなかったな』と目をつけられてしまって」

「目をつけられたって……それ……単に運が悪かったと、そういう？」

おそるおそる尋ねると、父はムスッとしながらも頷いた。

最悪である。

「断ったのだがな。当てがもう殆どないと泣きつかれてしまっては、臣下としてそれ以上は言えまいよ。スノウ、一年だけ頼めないか。一年後宮にいれば、そのあとは自由だ。二度と呼ばれることはないから、今後王家の意向を気にする必要はなくなる」

「……分かりました」

悩みはしたが、結局私は頷いた。

何せ『頼む』とは言っているが、これはすでに国王と父の間で決められた話なのだ。

私が嫌だと言ったところで覆るとも思えない。

それに父の言うとおり、通いがないのなら、ただ一年の間、後宮で過ごすだけという話だし。

本を読んだり刺繍《ししゅう》をしたり、趣味を楽しんだりしていれば、一年などあっという間に過ぎるだろう。そう思えた。

父が縋《すが》るように私を見る。

「ほ、本当か……」

「はい。お父様の立場もおありでしょうし」

「すまない。だが、本当に一年だけだ。一年経ったら帰ってくるんだぞ……！　先ほども言ったが、私はお前を王家へやるつもりなどないのだ。くそっ、こんなことになるのなら、さっさと婚約なり何なりさせておくのだった。娘可愛さに婚約を先延ばしにしていたつけが、まさかこのような形で回ってくるとは」

悔しげに窓枠を叩く父だが、婚約相手など別に要らないので同意はできなかった。

いつか結婚しなければならないのは分かっているが、その時ができるだけ遅ければいい。そんな風に思っているのだ。

これは間違いなく前世の影響だろう。好きでもない人と結婚したいとは思えない。

とはいえ、言っても仕方のないことだ。

何せ公爵家の娘。政略結婚になることは決まっているので。

だけど今まで私に婚約相手がいなかった理由は知らなかったので、ちょっと驚いた。

——お父様、私のことを手放したくなかったんだ。

何故だろうと不思議だったが、まさかこんな理由だったとは。

内心少し呆れつつ、父に改めて告げる。

「お父様、落ち着いて下さい。決まったことは仕方ありません。私は、シリウス殿下の後宮へ上がりますから」

「うむ……そうか。すまないな」

私の言葉を聞いた父はどこかホッとしたように息を吐き、額《ひたい》に滲《にじ》んでいた汗を拭った。その仕草からも、国王からかなり圧力を掛けられていたことが窺える。やはりどうあっても行くしかないようだ。

「一年だけの我慢ですから」

自分に言い聞かせるように言う。

こうして行きたくもない私の後宮行きは、あまりにもあっさりと決まったのだった。

第一章　スノウ、自由に過ごす

父から後宮行きの打診を受けて、ひと月。

準備を整えた私は、満を持してシリウス王子の後宮へと入った。

私が後宮へ行くことについては、領地から帰ってきた母が猛反対したが、もう決まったことだと父に告げられ、夫婦喧嘩を繰り広げていた。

母は強い人なのだ。それに父は政略結婚にもかかわらず母に惚れきっているので、喧嘩したところで勝てるはずもない。

最終的には「すまない。私も嫌だったのだ」と母に泣きついていた。

母と一緒に帰って来た弟も心配そうに私を見ていたが、すでに決まってしまったこと。

母と弟を宥《なだ》め、父からは「一年経ったら帰ってくるんだぞ」という力強い応援を受け、私は後宮へとやってきた。

◇◇◇

「わあ……」

王城の敷地内にある後宮は、思ったよりも大きな建物だった。

昔から王太子の後宮として使われている宮は、威圧感があるのにどこか優美にも見える。

「広そうな建物ですね～。お嬢様のお部屋、風通しのいい部屋だといいですけど」

美術的価値が高そうな外観を眺めていると、私の隣にいたミラが声をあげた。

黒髪黒目のクラシカルなメイド服姿の女性。髪はツインテールでかなりの近眼のため、黒縁眼鏡を掛けている。

そんなミラは私よりふたつ年上の、公爵家に仕える非常に有能なメイドだ。

五年ほど前からは私専属のメイドとして働いてもらっているのだけれど、今回後宮に上がるという話になった時も、自分から立候補してくれた。

「もちろん私を連れて行きますよね？　連れて行かないなんて言ったら、その口を縫いつけてやりますから」

この言葉からも分かるように、ミラは主人に対してもとても口が悪い……というか毒舌だ。

なかなかに使いづらい女性だが、仕事はできるし、実は彼女がツンデレ属性だということに気づいているので酷《ひど》い言葉を投げつけられても私が傷つくことはない。

今の言葉だって「私を置いて行くなんて許しませんよ！　ぷんぷん！」くらいの意味だと分かっているのだ。

何せミラは、全部行動に出るので。

文句を言いつつもテキパキと働き、チラチラとこちらを窺っているところを見れば、毒舌は癖みたいなものなのだと理解できる。つい口にしてしまうだけなのだ。

「ミラがいてくれて心強いわ」

ミラに話しかけると彼女は「当然です」と胸を張った。

「お嬢様のお世話を完璧にできるのは、この私以外にいませんからね。連れて行けるメイドがひとりなら、私一択。もちろんそうですよね？」

「ええ、その通りよ。ミラ」

「……分かっているのならそれでいいんですよ」

その頬はほんのりと赤かった。どうやら照れているようだ。

こういうところがミラは可愛いし、懐いてくれているのだなと分かるので好きなのだ。

後宮なんて面倒な場所。家からはひとりしかメイドを連れて行けない中、彼女を選んだのは間違いではなかったと思えてくる。

「いつまでも眺めていないで中に入りましょう。これから一年間、お世話になる場所なんだから」

「はい」

ミラを連れ、後宮の入り口へ赴《おもむ》く。

入り口前には衛兵が立っていたが、私たちの姿を認めるとすぐに頭を下げ、扉を開けてくれた。

「スノードロップ・ラインベルト様とそのお連れ様ですね。お待ち申し上げておりました。中へどうぞ」

「ありがとう」

礼を言い、中へと足を踏み入れる。正面に大階段。階段は途中で左右に分かれている。玄関ロビーは実家よりも広く、たくさんの女性たちが集まっていた。

「あら……？」

数はざっと二十人ほど。

彼女たちも私と同じく、妃候補なのだろう。

女性たちは私を見て戸惑っているようだったが、その中からひとり、女性が進み出てきた。綺麗《きれい》な人だ。彼女はじろじろと私の姿を観察するように見てくる。

「ふうん。あなたが正妃候補としてきたひと？」

「ええ。スノードロップ・ラインベルトよ」

名乗ると彼女は「ラインベルト公爵家、ね」と頷き、自分も自己紹介をしてきた。

「シャロン・レイテールよ。あなたと同じ公爵家の人間で、正妃候補として来ているわ」

「ああ、やっぱり。よろしく」

にこりと笑う。

父から、正妃候補として私以外にもうひとりいることは事前に聞いてきたのだ。

同じ公爵家出身で、年は私のひとつ上。

当たり前のように前に出てきているところからも、彼女こそが私の他にもうひとりいる正妃候補だろうと推察していたが、正解だったようだ。

シャロンと名乗った女性を観察する。彼女は金髪碧眼の巻き毛がとても美しい、スタイル抜群の美女だった。

胸が大きく開いた派手なドレスを着て、化粧も華やかに仕上げてある。胸元には真っ赤な宝石がついたネックレスが輝いていた。

まさに公爵家の令嬢というに相応《ふさわ》しい姿だ。

「……ふうん」

じろじろと私を見ていたシャロンが、ひとつ頷く。そうして言った。

「それなりってところかしら。及第点ね」

彼女の言う及第点とは服装のことらしい。

今日の私は、一応後宮生活一日目ということで、ドレスアップしてきていた。

舐められてはいけないとミラが強く主張したからなのだけれど、私の目の色と同じ紫色のドレスは、実はかなり気に入っている。身体の線が出る細身のデザインなのだが、私はシャロンとは違ってあまり凹凸のない体型なので、こういう形が似合いやすい。

髪もハーフアップにして編み込み、宝石のついた簪《かんざし》を挿した。紛れもなく正装姿だ。

正直、王子が来るわけでもないのにここまでする必要があるのかと疑問だったが、シャロンの様子を見ていれば、ミラの言い分が正しかったのは明らかだ。

実際、ミラの目は「ほら、私の言う通りだったでしょう？　これだからお嬢様は、全く！」と言っている。

なるほど。女の世界はどこも大変なのだなと他人事のように思っていると、シャロンは腰に手を当て、胸を張って言った。

「いい？　私とあなたはライバル関係にあるの。先に言っておくけど、あまり親しげに話しかけてくるのはやめてちょうだい」

「え、ライバル？」

聞き慣れない言葉に首を傾《かし》げる。私の態度が気に入らなかったのか、シャロンは綺麗に整えた眉を吊り上げた。

「殿下の正妃の座を巡るライバルじゃない！　正妃はひとりしかなれないのよ。それくらい分かっているでしょう⁉」

「えっと……そう、ね」

目を見開いて怒られたが、そもそも正妃の座に興味がないので、どうしたって気のない返事になる。

だって私はここに一年間暮らすためだけに来たのだ。

ライバルと言われても困ってしまう。

困惑する私に、シャロンは「もういいわ」と背中を向けた。

「私と同じ正妃候補だと聞いたからどんな子が来たのかと思っていたけど。どうやら殿下の正妃になる自覚もないような女だったようね。こんな子に私が負けるなんてあり得ない。気に掛けて損したわ」

そうして大階段をずんずんと上っていく。彼女の後を十人ほどの女性がついていった。どうやら彼女たちはシャロンの取り巻きのようだ。

正妃候補に気に入られようとしているのだろう。私とシャロン以外は全員愛妾候補だと聞いているので、身分の高い者に擦り寄るのは当然だと思う。

もし自分が愛妾になり、シャロンが正妃になったら。

その時、正妃であるシャロンに取り立ててもらえるようにと今から頑張っているのだろう。姿も見せない王子のためによくやるなあとは思うが、他人のことをとやかく言うつもりはない。

私は予定通り、一年を過ごして後宮から去る。それだけだ。

「あの……」

シャロンの姿が完全に見えなくなったあと、残っていた女性のひとりが声を掛けてきた。

緑色のドレスが可愛い優しげな人だ。

「何かしら？」

シャロンを除けば、全員私より身分が下であることは分かっているので敬語は使わない。

彼女はキラキラとした目で私を見つめてきた。

「わ、私、セシリア・エバートンと言います。その……よろしければこれから仲良くしていただきたいのですけど」

彼女に続くように残っていた女性たちが次々と自己紹介を始める。

皆、子爵家か男爵家の出身で、唯一、最初に話しかけてきたセシリアだけが、伯爵家の出だった。

彼女たちは私を窺うように見ていて、なるほど、シャロンに近づき損なったから私の方に来たのだなとすぐに分かった。

取り巻きは要らないのだけど、ここは女の園だ。

好意的に見てもらえた方が何かと得だという打算が働いた私はにっこりと笑って言った。

「こちらこそ、よろしく。スノードロップ・ラインベルトよ。後宮のことは何も分からないから、色々教えてくれると嬉しいわ」

笑顔がよかったのか、皆、ホッとした表情になった。

セシリアが言う。

「も、もちろんです！　その、宜しければ、スノードロップ様のお部屋にご案内致しますわ」

「助かるわ。何も聞いていなくて、どこが自分の部屋か分からないと思っていたの」

後宮にいる女官を捕まえて聞こうかと考えていただけに有り難い。

セシリアは頷くと、私に言った。

「いつもなら後宮を仕切っている女官長がいるのですけど、今はちょうど王城へ行っておりまして。きっとあとで挨拶に来ると思いますわ」

「そう」

「五十代くらいの小柄な女性です。女官長は他の女官たちとは違うデザインの女官服を着ているのですぐに分かるかと」

「ありがとう」

そういう情報は助かる。

セシリアは「では、お部屋にご案内しますね」と先ほどシャロンが上っていった大階段へ向かった。

「スノードロップ様のお部屋はお二階になります」

話を聞きながら大階段を上る。残っていた女性たちも私の後に続いた。

大階段は幅広で、五人くらいが横一列になっても上れそうなくらいに余裕がある。

シャロンは先ほど右側の階段を上っていったが、セシリアは左側へ向かった。

「反対側は、シャロン様のお部屋に続いています。こちらがスノードロップ様のお部屋に」

「ふうん。ねえ、二階には他に部屋を貰っている人はいないの？」

まるで右はシャロン専用、左は私専用、みたいな言い方をするので聞いてみた。

「はい。二階にお部屋が与えられるのは正妃候補のみですので。私たち愛妾候補は一階にお部屋をいただいておりますわ」

「そう」

「ちなみに、家からメイドを連れてこられるのも正妃候補だけです。とは言っても許されるのはひとりだけですけどね」

それは知らなかった。

全員、ひとりずつメイドを連れてきているものとばかり思っていた。驚いているとセシリアが微笑《ほほえ》みながら言う。

「万が一にも、殿下がメイドを見初めることがないよう、後宮に入れる者を最小限に絞っているとのことですわ。ただ、正妃候補だけは専属のメイドがいた方がいいだろうということで、特別に許されています」

「そうなの……」

「私たちの世話は王城から派遣された女官が行ってくれるので問題はありませんが、専属ではありませんので、たまに不便に感じることはありますわね」

そうだろうなと思う。

貴族の娘なのだ。

専属のメイドがいるのが当然の生活をしてきたのがいきなり取り上げられて、不便に感じないはずがない。

セシリアたちには申し訳ないが、素直に正妃候補でよかったと思った。

ミラがいるといないでは大違いなのだ。

「さ、こちらです」

二階の廊下を歩く。すぐに扉があった。

セシリアが扉を開き、入るように促す。中に入ると、そこは部屋ではなく吹き抜けがある空中廊下だった。

「ここ……」

「ご覧になればお分かりになるでしょうけど、一階は皆が集まる広間となっております。まだ一度も開かれたことはありませんが、宴をする際にも使用される、全員が集まれる場所です」

言われるままに下を見ると、確かに広間になっていた。

女官たちが忙しげに行き来している。夕食の準備中だろうか。

「スノードロップ様のお部屋はこの奥にありますわ。シャロン様は反対側に。それと食事ですが、広間で取ることが決まっています。一階の大階段裏にある大きな扉から広間には行けますので、覚えておいて下さいね」

セシリアの言葉通り、空中廊下の突き当たりには扉らしきものがあった。

左右対称の造りになっていて、ちょうど反対側にも同じような空中廊下と扉が見える。

おそらくそこがシャロンの部屋なのだろう。

「こちらがスノードロップ様のお部屋です。では、私たちはこれで失礼しますわね。もし何かあれば、女官でも私たちでも好きにお呼び下さい」

「ありがとう」

笑顔で礼を言い、部屋へ入る。一番後ろにいたミラも続き、扉を閉めた。

それを確認し、溜息を吐く。

「大変そうね……」

一年、ただ居ればいいだけと思っていたが、改めて集団生活なのだということを思い知った心地だった。

ミラが淡々とした声で言う。

「分かった上でこられたのでは？」

「想像と現実は違うってことよ。ま、でも来てしまったのだから仕方ないわね。気持ちを切り替えて、自分なりに楽しくやるわ」

ここに来たのは私の意思ではないが、不満を言うよりは楽しい気持ちで過ごしたい。

幸いにも私と仲良くしたいと思ってくれている女性たちもいるようだし、大人しく過ごしていれば、変な問題が起こることもないだろう。

そう思い直し、与えられた部屋を見る。

部屋は公爵令嬢である私から見ても十分に広く、居心地がよさそうだった。

確認したが、今いる居室の他にふたつ部屋がある。ひとつは寝室で、もうひとつはミラの部屋だ。

ミラの部屋は他の二部屋に比べればかなり狭いけれど、一通り家具は揃っているし、私の部屋と繋がっているのは有り難かった。

何かあった時にすぐに呼べるし、心強い。

「よかった。メイドの部屋は別棟とか言われたらどうしようかと思ったわ」

「お嬢様は寂しがり屋でいらっしゃいますからね。私が側についていないと、おひとりで寝ることもできないのでは？」

厭味なもの言いだが、声音が弾んでいるので、ミラも私と離されずに済んだことを喜んでくれているのだと分かる。

だから私は笑顔で言った。

「そうね。見知らぬ場所だもの。ミラがいてくれると心強いから、一緒でよかったわ」

「……そうですか」

ツンとそっぽを向かれたが、その頬が少し赤かったことに気づいたので、やっぱりミラは可愛いなと思った。

◇◇◇

後宮に入って、早くもひと月が過ぎた。

父から聞いていた通り、シリウス王子が後宮に顔を見せることはなく、私は毎日それなりに楽しく過ごしている。

ただ、シャロンが面倒臭い。

食事の際、広間に皆が一堂に会するのだけれど、彼女は何かと突っかかってくるのだ。

話しかけないでくれと言ってきたのはそっちなのに、どういうことなのか。

私は皆と仲良く話すのが好きなのだけれど、どうもシャロンはそれが気に入らないらしく、ネチネチと文句を言ってくる。

今朝もイチャモンをつけられた。

食事が終わり、セシリアたちと談笑しているところにシャロンがやってきて言ったのだ。

「公爵令嬢としての自覚はないのかしら？　私たちは身分が高いのだから、もっとそれらしく振る舞いなさい。今のあなた、他の有象無象に紛れていて、とてもではないけど公爵家の娘には見えないわよ」

　またかとうんざりしながらも口を開く。

「……別にいいじゃない。私がどう過ごそうと私の勝手でしょ。私は皆と仲良く話したいの。あなたとは考え方が違う。放っておいてくれないかしら」

「あなたのせいで、同じ公爵令嬢の私の格まで落ちると言っているのよ‼」

　睨《ね》めつけられ、怒られる。

　彼女は自分が連れてきたメイドの他に、取り巻きの女性たちにも己の世話をさせているようだった。

　着替えや、時には入浴の世話まで。

　身分の低い者が高い者の世話をするのは当然ということで、命じられた女性たちも喜んで従っているように見える。未来への先行投資だろう。

　私としては、本人たちが納得しているのなら第三者が口を挟むべきではないと思っているのでスルーしているが、シャロンは私が同じようにしていないのが気に入らないらしく、毎度難癖をつけてくるのだ。

　セシリアたちと友人のように振る舞っている私が公爵令嬢らしくないと、そういう話らしい。

「ここは後宮よ！　屋敷にいた時とは違うのだから、もっと正妃候補らしくなさい！」

「でも、彼女たちも貴族の娘だわ。私は彼女たちを使用人のように扱いたくはないの」

「私たちは正妃候補で彼女たちは愛妾候補。愛妾が正妃の世話をするのは当然だもの。今からやらせて何が悪いのよ」

シャロンの意見に、彼女の周囲にいる女性たちが揃って頷く。

ほらみろとばかりにシャロンが得意げな顔をする。溜息を吐きたい気持ちになりながらも口を開いた。

「そうね。あなたの意見は正しいのかもしれない。でも、それを私に強要しないで。……私には私の考えがあるんだから」

正妃になるつもりがないからとは、言わない。

後宮にいて、さすがにそれを言ってはいけないことは分かっているからだ。

シャロンは憎々しげに私を睨《にら》んだあと、ふんと顔を背け、自分の席に戻っていった。

私たちのやり取りを小さくなって聞いていたセシリアが、焦ったように言う。

「スノードロップ様。どうかお気になさらないで下さい。私たちはスノードロップ様と仲良くさせていただいて、本当に嬉しく、有り難く思っているのですから」

他の女性たちもセシリアに賛同する。

だけどその言葉が私への機嫌取りから来ていることを察してしまい、何だか自己嫌悪に襲われた。

――結局、私もシャロンと同じってことなのかな。

方法は違えども、彼女たちは私に合わせてくれているのだ。そうさせているのは『正妃候補』という立場。シャロンと何も変わらない。いや、自覚してやっている分、シャロンの方がマシなのかもしれない。

そう気づけば自己嫌悪は酷くなる一方で、でも、セシリアたちに自分の世話をさせよう、侍らせようなどとはとてもではないが思えないから、自然と私のストレスは溜まっていった。

そもそも私は、ひとりで過ごすのが好きなタイプなのだ。

皆と仲良くするのも嫌いではないけれど、ひとりの時間をたっぷりとって、ゆったりと過ごしたい。

それが後宮へ来てからというもの、取り巻きに囲まれる生活が続いていて、息が詰まりそうな心地になっていた。

自室で過ごせば邪魔は入らないが、引き籠もっているのも辛い。

これではいけない。このままでは一年経たないうちに病んでしまう。

そう気づいた私は、少し考え、女官長を呼び出した。

女官長。

女官を束ねる長で、この後宮も彼女が取り仕切っていて、初日の夕食時に挨拶を受けている。

名前はアリア。髪色が灰色の、優しい印象の女性だ。

セシリアが言ったとおり五十代くらいで、母というより祖母を彷彿とさせる。

そんな彼女に私は聞いた。

「ねえ。私、王城の図書室を利用したいのだけれど、正妃候補って全く外に出てはいけないのかしら」

私の趣味のひとつに読書があるのだ。

一年間、きっと退屈だろうからと屋敷からは多量に本を持ち込んでいたが新しいものは少なく、既読のものが多い。

だから王城の図書室を利用させてもらえればと思ったのだ。

新しい本が読めれば嬉しいし、後宮から出ることで多少のストレス発散にもなる。

後宮のルールに『外に出ては行けない』とはないけれど、このひと月の間、外に出て行っている女性はいなかった。だから確認したのだ。

駄目元で聞いてみよう、と。

聞くだけならタダだから。

内心、ドキドキしながら女官長に聞くと、彼女は笑顔で頷いた。

祖母を思い出す、優しい表情はとても落ち着く。

「いいえ、王城内なら出ていただいて大丈夫ですよ」

「そうなの⁉」

「はい。さすがに王城の敷地から出ることは許されませんが、図書室くらいなら自由に行っていただいて構いません」

「ありがとう。じゃあ、庭を散策するとかも大丈夫？」

「もちろんです」

聞いてみてよかった。

後宮にも小さな庭はあって毎日散歩していたが、王城にはいくつも広い庭があるのだ。

前庭や中庭。裏庭なんかもあって、それぞれ趣が異なっていて面白いと、昔父から聞いたことがある。

どうせ散歩するならそちらの方が楽しそうだと考えていたので、許可を貰えたのは嬉しかった。

「ミラ、ミラ！　お城の図書室へ行くわ。準備をして！」

女官長を帰し、ミラを呼ぶ。

自室で控えていた彼女は、すぐにやってくると私に言った。

「あら、お嬢様のわがままが通りましたか」

「わがままじゃないわ。だって特に禁止されていないって言っていたもの。ああ、でもよかった。一年もの間、後宮から全く出られないとか、考えていた以上にキツそうだったから、外に出られるのは助かったわ」

「嬉しいのは分かりましたが、羽目は外さないで下さいね。お嬢様が変なことをすれば、旦那様の名前に傷がつくのですから」

「わ、分かってるわ。ちゃんとする」

浮かれていた気持ちを鎮める。確かにミラの言う通りだ。

それでも外に出られるのは嬉しくて、ウキウキする。

準備を整え、部屋を出た。だが、大階段を下りたところで、運悪くシャロンと鉢合わせてしまった。値踏みするような目で見てくる。

「あら？　お出掛け？」

「ええ。ちょっと城の図書室に」

「そう。正妃候補ともあろうものが、フラフラと出掛け回るのはどうかと思うけど」

「……アリアは構わないと言ったわ。禁止されているわけではないのだから、構わないでしょう？」

「……確かにそうね」

静かに両腕を胸の前で組む。非常に不満そうだ。

何だろう。私がすること全てが気に入らないのではないかと最近では思い始めてきた。

いい加減面倒になり、シャロンとの会話を切り上げる。

「もういいわね？　私は行くから」

「…………」

何も言わないのに駄目だと言われた気がした。目は口ほどにものを言うとは、まさにこのこと。私は溜息を吐き、シャロンに聞いた。

「あなたも出たいのなら出れば？」

もしかして羨ましいのかと思ったのだが、即座に否定が返ってきた。

「私、そんなこと一言も言っていないわ」

「そう。じゃあ、私のことは放っておいて。ミラ、見送りはここまででいいわ。あなたは自室で待機していて」

後宮用に連れてきたメイドを王城内でも連れ回すわけにはいかないだろう。ミラも分かっているので、頭を下げた。

「いってらっしゃいませ、お嬢様」

「図書室で本を借りたら、帰ってくるわ」

「はい。お帰りをお待ちしております」

ミラと会話を済ませ、扉の前にいた兵士に声を掛ける。図書室へ行きたいと言うと、驚かれはしたが、すぐに扉を開けてくれた。

後宮から出てもいいというのは本当らしい。

まだ不服そうにこちらを見ていたシャロンを無視し、外に出る。

「あー……久しぶりの自由な感じ」

王城の敷地内ではあるが、後宮から出られただけでもだいぶ開放的な気持ちになれた。

「これからは毎日散歩にでも出ようかしら」

それも悪くないかもしれない。

本館は見えているので、特に迷うこともない。歩いていた女官を捕まえ、図書室の場所を聞けば、彼女は親切にも図書室まで案内してくれた。お礼を言って、図書室内へ足を踏み入れる。

図書室は本館の一階にあったが、三層吹き抜けになっており、かなりの大きさだった。

厳粛な雰囲気に圧倒される。

「すごいわ……」

どちらを向いても本、本、本、だ。

縦にも横にも、更に言うのなら奥にも広く、これだけ広ければ、読書には困らないだろうと思えた。古書特有の香りが好ましい。

「スノウ？」

これは格好の暇つぶしを見つけたぞと思っていると、本を抱えた見知った顔が図書室の奥から歩いてきた。

長めに整えた紺色の髪。琥珀色の目の下には黒子があり、それが何とも言えない色香を醸し出している。

顔立ちは整っており、実際、社交界ではかなりの人気を誇っていると知っていた。

彼の名前はリゲル・レーマン。

レーマン侯爵家の息子で、実は私の幼馴染みでもあった。

「何だ、リゲルじゃない。こんなところでどうしたのよ」

幼馴染みの気安さで返事をする。リゲルは眉を寄せ、不快そうに言った。

「それはこちらの台詞《せりふ》だが。何故、お前がここにいる、スノウ」

カツカツと靴音を立てて、リゲルがこちらにやってくる。

目の前まで来た彼に、肩を竦《すく》めて答えた。

「何故って、私、ひと月前に後宮に上がったの。知らなかった？」

「な……お前が後宮に!?　殿下のか？」

ギョッとした顔をされた。どうやら彼は私が後宮入りしたことを聞かされていなかったようだ。

それは驚くのも無理はないかと思いつつ、口を開く。

「そう。シリウス殿下の後宮。ま、通いはないから気楽なんだけどね。え、本当に知らなかったの？」

「……俺はお前とは違って忙しいんだ」

「へえ。私とは違って……ね」

棘《とげ》のある言葉に、溜息を吐く。

とはいえ、彼が忙しいのは本当だ。

何せ、彼はシリウス王子の側近なのだから。今、本を持っているのも仕事の資料とか、そんな感じなのだろう。

「はいはい。暇で悪かったわね」

リゲルの言葉に適当に返事をする。

今更なのでそこまで気にはしないが、リゲルはとても意地悪な性格をしているのだ。しかもミラみたいに、本当はそんなこと思っていない、とかではない。

本気の意地悪男。

小さい頃はそこまででもなかったのだけれど、成長するにつれ、リゲルは意地悪に拍車が掛かっていった。お陰で幼馴染みとは言っても、あまり好意的には思えない。

また嫌な言い方をしやがって、チクショウ、という感じである。

リゲルに目を向けると、彼は鬱陶《うっとう》しげに前髪をかき上げた。

これは彼の昔からの癖なのだ。

少し長めの髪は邪魔で、そこからできた癖なのだけれど、私からして見れば、邪魔ならさっさと切ればいいのに、である。

彼は頑なに切ろうとしないのだけれど。

カットしても、いつも長さを維持していたし、髪をかき上げる仕草が格好いいと社交界で評判なのは知っている。

私には、苛つくだけの仕草にしか見えないが、リゲルに熱を上げている女性には素敵に見えるのだろう。

ぜひとも彼女たちには蓼食《たで》う虫も好き好きという諺《ことわざ》を送りたい。

「……スノウ」

「ん？　何？」

黙っていると、リゲルが話しかけてきた。彼はウロウロと視線を宙に彷徨《さまよ》わせたあと、何故か咳払いをし始める。わざとであることは、その態度から明白だ。

「？　何してるのよ」

「い、いやな。お前がシリウス殿下の後宮に入ったという話だが」

「話も何も、特に何かがあるわけではないわよ。さっきも言った通り、殿下は後宮にはいらっしゃらないから。それはリゲルの方が詳しいんじゃない？　だってリゲルって、シリウス殿下の側近でしょう？」

「……殿下は真面目な方だ。仕事中に後宮の話をなさるような真似はしない」

パチパチと目を瞬かせた。

「そうなの」

「ああ」

リゲルが頷く。そんな彼に謝辞を告げた。

「それは悪かったわね。勝手に色々聞いていているものだと思い込んでいたわ」

決めつけはよくなかった。というか、王子は真面目な人なのか。

王子とは会ったことがないので、実物を知っているリゲルから話を聞くと、本人の解像度が上がるなと思った。

感心していると、リゲルが苛ついたように言った。

「そんなことより、どうなんだ。妃候補としての生活は」

「え、リゲル。私の後宮生活に興味あるの？　どうしたの、熱でもある？」

「うるさいな」

額に手を当ててやろうとしたが、素早い動きで避けられた。

ムッとしつつも口を開く。

「だってリゲルって私に興味なんてないじゃない。それがいきなり『妃候補としての生活はどうか』なんて熱があると思ってもおかしくないでしょ」

「べ、別に俺はお前に興味がないわけではない！」

「そうなの？　へえ、初耳」

焦った顔で言われ、本気で驚いた。

何せ、顔を合わせれば嫌なことを言われるのだ。むしろ嫌われているのではと思っていたくらいだ。

「ふうん。ま、興味があるっていうんなら答えるけど。殿下の通いもないから、わりと自由にさせてもらってる。一年経ったら後宮から出られるみたいだし、その時待ちって感じかな」

「ああ、一年制か」

「そう。お父様も最初から一年経ったら帰ってこいっておっしゃってたし、私を王家に……って考えはないみたい」

父の言葉を思い出しながら告げると、リゲルが妙に意地悪な顔をして言った。

「お前みたいな変人女を王家には差し出せないって話ではないのか？」

「ちょっと！　嫌な言い方はやめてっていつも言っているでしょ」

変人女、は昔からリゲルが私に言っている言葉のひとつだ。

前世を思い出したせいで、考えや行動がずれることの多い私に、幼馴染みである彼が最初に言い出したのだ。

変わっているのは事実でも、変人女なんて言い方はやめて欲しい。ずっとそう言っているのだけれど、リゲルは全然やめてくれなくて、現在に至っている。

「人の嫌がることをするとか、最低だから」

何度口を酸っぱくして言っただろう。そう思いながら告げると、とんでもない答えが返ってきた。

「……お前以外にはしない」

「……は？」

思わず「おい」とツッコミを入れそうになってしまった。

頭痛がすると思いながらも指摘する。

「あのね、それ、私にとっては最悪な話でしかないんだけど。いくら幼馴染みだからって、いつまでも目溢《めこぼ》ししてもらえると思わないで。いい加減本気で怒るからね」

「お前が怒ったところで何がどうなるわけでもない。お前、そんな調子では、殿下の後宮から出た後も嫁の貰い手など見つからないぞ」

「ほんっと、余計なお世話」

リゲルだけには言われたくない。

意地悪なことを言うのは私だけらしいが、何処まで本当かは分からないし、実際、こんな厭味男と結婚してくれる女はいないと思う。

苛々していると、何故かリゲルは顔を赤くして言った。

「ま、まあ？　誰も貰い手がいないようなら、幼馴染みのよしみで俺が貰ってやってもいいが」

「リゲルなんて、絶対にお断りだから」

即答した。

幼馴染みくらいの関係性なら、リゲルのアレコレもギリギリ目を潰れるが、伴侶となれば話は別。

　こんな男と二十四時間一緒には暮らせない。

「どうして私がリゲルに貰ってもらわなければならないのよ。それくらいなら独身を貫くわ。……あ、もしかして、リゲルって私のこと本当は好きだったりする？」

　少々意地悪な気持ちで告げる。

　もちろん本気で思っているわけではない。だって、もし私のことが好きなら、そもそも意地悪を言ったりはしないだろう。

　意地悪や厭味を言ってくる男には、いくら美形でも女は惚れない。

　これは、全世界共通の真理なのだ。

　挑戦的にリゲルを見る。彼は顔を真っ赤にして怒鳴った。

「誰が！　お前のことなんて好きなはずないだろう！」

「うるさい。ここ、図書室よ。もう少し声量を抑えてくれる？」

「…………」

　顔を赤くしたままリゲルが黙り込む。

　私のことが好きなのかと聞かれたことがよほど腹立たしかったのだろう。それなら嫁に貰ってやるなんて言わなければよかったのに。

「はいはい。リゲルが私のことを好きでないのは知ってるから。ま、私の方はそんな感じ。一年間、気楽にやらせてもらおうって思ってるわ。意外と一年なんてあっという間かもしれないわね」

「……そうか」

リゲルが「一年……」と小さく呟《つぶや》く。

それがどういう意味かは分からなかったが、先ほどリゲルが大声をあげたことで、近くに居た司書らしき文官に睨まれたことは気づいていたので、質問をするのは止めておいた。

これ以上、話が長くなるのも面倒だし。

「じゃ、私は行くから。リゲルもお仕事中でしょ。頑張ってね」

「あ、ああ」

軽く挨拶をし、リゲルと別れる。私の今日の目的は本なのだ。幼馴染みと遠慮のないやり取りをすることではない。

図書館の中を歩き、目的の本を探す。

ジャンルごとに分類されていたため、目当ての本はすぐに見つけることができた。

ジャンルは『天体』。

私は星や神話についての本を読むのが好きなのだ。屋敷にもたくさん蔵書はあるが、さすが王城の図書室。私が知らないタイトルの本がたくさんあった。

いくつか本を抜き取り、入り口にいる司書に見せる。

借りていいかと尋ねると、すぐに手続きをしてくれた。

「後宮の方なら、本は一度に五冊まで貸し出せます。ただ、忘れず二週間以内に返却して下さいね」

「後宮のって……もしかして、それぞれ貸せる冊数が変わるの？」

疑問に思ったので聞いてみると、意外な答えが返ってきた。

「いいえ、普通はここの本は貸し出しできないんですよ。ですが、後宮に住まわれている方は特例で。ほら、なかなか外に出られないでしょう？　気分転換できるようにとの配慮だそうですよ」

「へえ……」

「ですから、借りてもらって大丈夫です。ただ、期限は必ず守って下さいね」

「分かったわ。ありがとう」

返事をし、本を受け取る。

幼馴染みと話していたせいで、大分時間が取られてしまった。

本当は散歩もしたかったけど、今日は止めておいた方がいいかもしれない。そう思った私は素直に後宮へ戻ることを決めた。

「ま、図書室が利用できるって分かっただけでもかなりの収穫よね」

ウキウキしながら後宮へ戻る。

この日以降、私はほぼ毎日のように散歩や図書室へ出掛けるようになった。

◇◇◇

図書室へ通うようになってしばらく経ったある日の夕方。私は真剣な顔でミラに言った。

「ミラ、お願いがあるの」

「あのね、今夜は絶好のお月見日和なの。だからちょーっと外に出たいなって思うんだけど協力してくれない？」

「……えっ、正気ですか」

部屋の掃除をしていたミラが手を止め、信じられないという顔で見てくる。

そんな彼女に私は両手を合わせて頼み込んだ。

「お願い！　出掛けさせて！」

我ながら必死である。

星や神話に関する本が好きな私だが、実は星そのものを眺めるのも好きなのだ。

何故か。それは前世に由来している。

前世の趣味はソロキャンプ。

ひとりでキャンプをし、のんびり夜空を眺める。ストレス発散にソロキャンプは最適だった。

前世ではストレスが溜まるたび、ソロキャンプへ出掛けていたものだ。

お陰で天体にはかなり詳しくなった。それは今世も同じで、相当知っている方だと思う。

そしてその知識から、今夜が満月だと知ったのだ。

満月。満月と言えば、月見だ。

月見をしたい。絶対にしたい。

後宮という場所に閉じ込められ……は言いすぎかもしれないけれど、ずっと同じ場所にいるのは思う以上にストレスが溜まるのだ。

月くらい見に行っても罰は当たらないと思う。

「ミラは私の趣味が天体観測だって知ってるでしょ。たまには夜空を眺めたいのよ。ほら、月が私を呼んでいるの。見においで〜って」

「月はそんな馬鹿みたいなことを言いません。お嬢様の妄言には付き合っていられませんね」

「ミラが酷い！」

「酷くて結構です。……本気で行くつもりですか？」

「駄目？」

じっとミラを見つめる。

お願いという気持ちで彼女を見ると、ミラは「う」と言いながら目を逸らした。

ミラも分かっているのだ。

天体観測が私のストレス発散方法だと。

前世も今世も私のストレス発散方法は変わらない。

とにかくストレスが溜まると、ひとりで夜空を眺めたくなるのが私なのだ。

本を読んだり散歩をしたりもいいけれど、それだけでは溜まったストレスは発散しきれない。

屋敷にいた時もよくひとりで外に出て、ぼんやりと夜空を眺めていた。

それに付き合ってくれたのがミラで、彼女はいつだって文句を言いながらも、私をそっと屋敷から出してくれたのだ。

「お願い！　もうめちゃくちゃストレスが溜まってるの！　星とか月とか見たい！」

再度手を合わせてお願いする。ミラは、渋りはしたものの最後には頷いてくれた。

「……ああもう、分かりましたよ」

どうやら彼女の目から見ても私は相当ストレスを溜め込んでいたらしい。

許可をくれたミラにお礼を言い、早速準備を始める。

すっかり浮かれ気分で、鼻歌まで出てしまう始末だ。

だってお月見なんて習慣はこの世界にはない。

つまりはひとりだけで夜空を堪能できるのだ。

――ああ、早く夜になって欲しい。

そして星々を心ゆくまで眺めたい。

ウキウキな気持ちで夜を待つ。もうこれだけで溜まったストレスの半分は解消された心地だった。

◇◇◇

「……あまり遅くなりすぎないうちに帰ってきて下さいよ」

「分かってる。ミラに迷惑は掛けないから」

「……そういう意味ではないんですけどね」

溜息を吐きながらも、ミラが秘密裏に入手した女官服を手渡してくれる。妃候補だとバレないようにとの配慮で、私は有り難くそれに着替えた。

用意を済ませ、荷物を持ってから一階にある後宮の庭に出て入り口へ回る。ミラが警備をしている近衛兵と話してくれている間に、上手く隙を突いて外に出た。

これは屋敷にいた時でもよく使っていた手で、コツを掴めば抜け出るくらいは簡単にできる。

「わー……！　綺麗な夜空！」

ミラの協力に感謝しながら、暗い夜道を歩く。空を見上げれば深い青の世界が広がっていた。

弾む心を抑えきれない。

わざわざ危険を冒してまで外に出なくても、月見くらい後宮の庭ですればいいのではと思うかもしれないが、違うのだ。

あそこはどうにも人の気配が多く、庭に出ても落ち着かない。

それに妃候補の誰かが来るかもしれないし。

つまりひとりになりたい私には向いていないのだ。

そんな私が狙うのは、王城の裏庭。

昼間に何度か散歩に訪れたことがあるのだが、裏庭は草花よりも木々が多く植えられていて、あまり面白みがないためか、いつ来ても人が少なかった。

昼でも人が少ないのなら、夜ならもっと落ち着けるだろう。

そう思った私は今夜の月見の場所に裏庭を選んだのだった。

時折、警備の兵士と擦れ違う。そのたびに声を掛けられたが「休憩をいただいたので、夜の散歩をしています」と言って誤魔化した。

女官服のお陰で、それ以上疑われることはない。

城の女官を全員覚えている兵士などいないだろう。堂々と振る舞えばいい。

夜で暗いこともあり、女官服さえ着ていれば勝手に女官だと思い込んでくれるのだ。

ミラ、グッジョブである。

「犯罪者の手口みたいだけど……まあ、仕方ないわよね」

てくてくと歩く。

そう、仕方ないのだ。

いつもの格好のまま外に出て見つかれば、間違いなく「こんな夜中にひとりで何をしているのだ」とお咎めを受けるだろうし、それがシャロンにバレた日にはどれだけ厭味を言われることか。

『とても公爵家の令嬢がすることとは思えないわね』

こんな感じで、見下した目をしてくれることは間違いない。

いい加減、シャロンにはうんざりしているので、これ以上彼女に攻撃する隙を与えたくはなかった。ミラの厚意を有り難く受け取り、己の正体を隠すのが、一番平和に話が収まる。

てくてくと歩くうちに、裏庭へと到着する。

思った通り、裏庭は静かで誰もいなかった。よしよしと思いながら、目的地を目指す。しばらく歩けば、芝が敷かれた広場のような場所があるのだ。

そこで月見としゃれ込もうと考えていた。

裏庭は他の庭に比べて格段に灯りが少なくて暗い。でもだからこそ天体観測には最適なのだ。

「到着、と」

広場に着いた私は、早速手に持っていたバスケットの中から敷布を取り出した。

テキパキと芝の上に敷き、大の字に寝転がる。

満月が美しく輝いている様がよく見えた。

「ああ、空が綺麗ね……」

大きな月がとても美しい。

残念ながら満月なので暗い星は見えないが、明るいものならそれなりに楽しめる。

満月と星。眺めているだけで心が癒やされた。

「えぇっと……確かあれは」

満月の中でも、強く自己主張する星に目を向ける。

日本で見ていた星の配置とは当然違う。最近勉強しているこちらの世界の知識を思い出しながら呟いた。

「そうそう、トリネって星だったっけ」

世界は違っても、星に名前を付けようとする感性は同じようで、特に目立つ星には名前が付けられているのだ。

時の国王の名前だったり、有名な建築家の作品名を付けたりしていて面白い。

星になぞらえた神話もある。荒唐無稽なものも多く、調べると結構楽しいのだ。

「静かね……」

この場所を選んで正解だった。

人の声はなく、代わりに虫の声や風が木々を揺らす音が聞こえる。周囲は薄暗く、優しい闇が私を包んでいた。前世、私がソロキャンを好んでいたのは、キャンプにひとりで行けば、この環境が確実に手に入るからだ。

自然と薄闇に囲まれた中、夜空を眺める時間は何物にも代えがたい。

「はあ……幸せ……」

あまり長居はできないが、限られた時間の中、目一杯楽しもう。

そんなことを思いながら再度月に集中するも、何ということだろう。酷く無粋なことに邪魔する者が現れた。

「……こんなところで何をしている」

「……ん?」

低く不機嫌そうな声に眉を寄せる。

せっかく楽しんでいたのにと思いながらも私は身体を起こして、声の主を見た。

男の人。

どうやら近衛兵のようだ。深緑色の制服と制帽で、すぐに分かる。

もしかして巡回のタイミングと被ってしまったのだろうか。

そう考え、慌てて立ち上がった。

真夜中の警備中、女が地面に寝転がっていたら驚くのも当然だから、悪いことをしてしまった。

頭を下げる。

「お仕事の邪魔をしてしまい、申し訳ありません。休憩をいただいたので、ここで月や星を眺めていたのです」

今の私は女官という設定なので、それらしく振る舞う。顔を上げると近衛兵と目が合った。

瞬間、青い瞳に胸を打ち抜かれる。

――うわ。

思わず声をあげてしまいそうなほど、整った顔をした男だった。

不機嫌そうな表情をしているが、その目の力は強く、妙に惹きつけられるものがある。

硬質な美形と言えばいいのだろうか。甘さの一切を排除したかのような冷たい雰囲気に一瞬、恐ろしさに似たものを感じてしまった。

髪の毛は金色。制帽をかぶっているのでどんな髪型をしているかは分からないが、毛はふわふわとして柔らかそうだ。

切れ長の目は鋭く、目尻も吊り上がっている。鼻の形がとても綺麗だ。薄く形のいい唇は硬く引き結ばれていた。

背が高い。姿勢がいいからだろうか。近衛兵の制服がとても似合っていた。

腰に剣を提げている。

金髪碧眼で明るい朝を思わせる色合いなのに、その雰囲気から、私には彼が夜空を具現化した人であるように思えた。

――綺麗な人。

どこかの貴族の息子だろうか。

ただ立っているだけでも非常に洗練された独特の雰囲気を感じるのだ。とてもではないが平民には思えない。

警備は王城に詰めている近衛隊が行うが、そこには色々な階級の人がいる。

平民でも貴族でも実力があれば近衛隊に入れるのだ。

きっと彼は貴族階級出身の近衛兵なのだろう。

そんな風に考えていると、目の前の彼は眉を中央に寄せた。

「月や星を見ていた、だと？　ずいぶんと酔狂だな。所属は？　どこの者だ」

言外に怪しいと言われ、内心焦った。

彼に私が後宮の妃候補だと知られたくない。だってこっそり抜け出してきたのだ。私だけが怒られるならまだしも、協力してもらったミラに迷惑が掛かるのは駄目だ。

――な、何とか、何とか上手く言いくるめなくっちゃ。

必死に頭を働かせるも、名案などそうそう思いつくものではない。

それでも何とか口を開いた。

「……ぶ、無粋ね。休憩中だって言ったでしょ。仕事の話はしたくないわ。そういうあなたこそどこの誰よ。私、あなたの顔を見たことがないんだけど」

自分のことは答えず、質問返しをするという手に出た。

敬語をやめたのは、今は仕事中ではないことを強調したかったから。

互いに『近衛兵』『女官』というだけなら身分はそう変わらない。だが、仕事中ならお互い敬意を示す意味で敬語を使うのだ。

通常は、友達口調で問題ない。

彼が最初に命令口調だったのは、私が女官だと気づかなかったからだろう。不審者相手に普通、敬語は使わないと思うから当然だ。

――ど、どう？　完璧な女官ぶりでしょう？　これで上手く誤魔化されてくれれば……。

祈るような気持ちで男を見ると、男は何故か動揺したように瞳を揺らした。私からすっと視線を逸らす。

「べ、別にどこの誰でも構わないだろう」

「ん？」

――あれ？

改めて男を観察する。彼は慌てたように口を開いた。

「……わ、私も、その、休憩中なんだ。……これ以上はプライバシーの侵害。つまらない詮索はしないでもらいたい」

「ふうん」

どうやら彼も私と一緒で何らかの『訳あり』であると察した。

何だろう。身なりもきちんとしているし、不審者には見えないけど。

とはいえ、深く探られたら困るのはこちらも同じ。追及しないのが互いのためだ。

向こうがこれ以上探らないでくれるのなら、こちらも聞かないでおこうと決める。

「何だ。てっきり警備の巡回に来たのかと思ったのに。……え、でもこんなところに休憩に来たの？」

王城の裏庭は暗くて、あまり楽しい場所ではない。

私にとっては絶好の天体観測スポットと言えるが、普通の人がわざわざ夜に訪れないと思うのだ。それこそ仕事でもない限り。

それが不思議だったのだけれど、彼はムッとした顔をしつつも答えてくれた。

「……仕事で少し嫌なことがあって。誰もいないところへ行きたかったんだ」

「酔狂なのはお互い様じゃない」

「……確かにそうだな」

男がフッと笑う。

そうすると張り詰めたような雰囲気が少し和らいだ。

「君のことは気になるけど、立ち入られたくないのはお互い様だからやめておくことにするよ」

——おや。

先ほどまでとは違う口調。こちらが彼本来の話し方なのだろうか。

そう思いつつ、彼に言った。

「私もあなたの事情は気になるけど、聞かない。通りすがりの近衛兵と思っておくことにするわ」

「なら、君は酔狂な女官ということだ」

「……酔狂はお互い様ってことになったじゃない」

「いいじゃないか。さっき君がそこで転がっているのを見た時、何事かと本気で焦ったんだから。今だって意味が分からないと思っている」

「夜空を見上げるには、寝転がるのが一番いいのよ」

変なことをしている自覚はあるので、何となくだけれど気まずい気分になる。

「お月見がしたかったの。だって、今夜は満月だから」

「お月見？」

こちらの世界にない風習なので、男が首を傾げる。簡単に説明した。

「月を愛でるのよ。今日は持ってきていないけど、お菓子やお茶をお供にしてね」

「ふうん。月を愛でるとはよく分からない考え方だな」

「世の中には、あなたの知らないことがまだまだあるってこと。そういうものだって思っておけばいいと思うの」

前世云々の話をするつもりはないので、適当に誤魔化す。

ふと、彼がさっき言ったことを思い出した。

「そういえばあなた、嫌なことがあったんでしょ？　それなら一緒にどう？　寝転がって夜空を見上げていれば、自分の抱えている悩みなんて些細なものだって思えるわよ」

誘ったことに特別な意味はない。

嫌なことがあったと言っていたから、それなら一緒にストレス解消はどうかと思っただけ。

基本、天体観測はひとりでしたいが、誰かいることを全く受け入れられないわけではないし、しんどい人に居場所を分け与えるくらいなら私にだってできる。

男は驚いたような顔をして私を見たが、やがて首を左右に振った。

「いや、やめておこう」

「そう？」

「君の楽しみを奪う気はない。それに私は星が――。いや、これは君には関係ないことだった。忘れて欲しい」

「？」

何を言いかけたのか気にはなったが、聞いて欲しくなさそうだったので黙る。

「ではな。――休憩が済んだらさっさと持ち場に戻るんだぞ」

「……分かってるわ」

本当は女官ではないので、一瞬返答が遅れた。

それでも何とか返事をする。

男は小さく笑い、裏庭の更に奥へと入っていった。多分だけど、ひとりになれる場所を探すのだろう。

彼の姿が見えなくなるまで見送る。

何となくだけど、このまま月見をする気分ではなくなった。

今夜はお茶もお菓子も用意していないし。

満月の夜というだけならこれからいくらでも機会はある。また次のチャンスを狙おうと決め、片付けの準備を始めた。

敷布をバスケットに戻し、後宮へ戻る。

「……ただいま」

「もう、お嬢様。遅いですよ」

「ごめん、ごめん」

再び、ミラの手引きで自室へ戻る。その頃にはもう、名も知らぬ男のことは忘れていた。

第二章　スノウ、交流する

夜にこっそり後宮を抜け出し、天体観測をする。

一度上手くいったことで味を占めた私は、頻繁に出掛けるようになった。

もちろんただ星々を眺めたいというのもあるが、主な理由はストレス解消だ。

初日から私を目の敵にしているシャロン。彼女がここのところ、前にも増して私に突っかかってくるようになったのだ。

お前は姑か！　と言いたくなるくらい、ネチネチと厭味を言ってくる。

つい先日も、図書室へ本を返しに行こうとした時に、声を掛けられた。

気に入らないなら放っとけばいいのに、シャロンはことあるごとに私に話しかけてくる。

話しかけるなと言っていたのは何処の誰だと言いたくなる有様である。

「まあ、いいご身分ね。毎日のように後宮から出て、フラフラと。一体何をしているのか。人に言えないようなことをしていなければいいけど」

「……だから図書室へ行ってるだけだって前にも答えたでしょ。ほら、この本が見えない？」

「本なんていくらでも用意できるでしょう。本当に図書室へ行っているとは誰も証明できないと思うわ」

「……そんなに疑うならあなたも一緒に来ればいいじゃない」

「どうして私が？　私、あなたと違って忙しいの。見て分からない？」

「……分からないから言っているんだけど」

ただイチャモンをつけるためだけに私を呼び止めているのだから、暇人以外の何者でもないと思うのだけれど。

溜息を吐くと、シャロンが言った。

「そもそも欲しい本があるのなら、女官長にでも頼んで購入してもらえばいいのよ。もしくはあなたのお父様に頼むか。あなただって公爵家の娘でしょう？　本の数冊くらい頼んだところで嫌な顔はされないと思うわ。それをわざわざ図書室へ行くというのが意味不明よ」

「……貴重な文献も多いの。そんな気軽には頼めないわ」

王城の図書室にある本はどれも簡単には手に入らないものばかり。父に頼んだところで入手できるか分からない。

だからこそ足繁く通っているのだけれど、シャロンには理解できないようだった。

「貴重、ね。ま、わざわざ本を借りて読むなんて庶民みたいであなたにはぴったりかもしれないけど。ああ、いやだ。あなたみたいな子と私が同じ公爵令嬢だなんて考えたくもない」

「そうね。だから嫌なら無視してくれて一向に構わないわ」

「無視しようにも、あなたが私の視界にちょろちょろ入ってくるんじゃない！」

「そうかしら。私には、あなたが自分から近づいてきているようにしか見えないんだけど」

「あら、目が悪いのではなくて。医者に罹《かか》ることをお勧めするわ」

「……もういいわ」

話の通じなさにがっくりきたし、ストレスはものすごく溜まった。

とにかくシャロンと話すと、毎回こんな感じなのだ。

気持ちを切り替えるためにも天体観測は必須。

ミラも私がシャロンに絡まれている場面を目撃しているので、あまりいい顔はしないものの外に出る手伝いを続けてくれている。

「あれはお嬢様でなくてもストレスが溜まると思います」

「ね。何であんなに目の敵にされているのかしら」

「単にお嬢様が気に入らないのでしょう。理由なくこの人が嫌いというのは普通にありますし、理解できる感情です」

「そういうのがあるのは分かるけど……それならこっちに来ないで欲しいわ。私は近づかないようにしているのに」

「一度嫌だと思えば、何をしてもしなくても腹が立つんですよ。だから絡んでくるんです。災難でしたね」

珍しく労られたが、嬉しくない。

できれば何事もなく一年間を過ごしたいのだけれど、この分ではどこかで爆発してしまいそうだ。

シャロンではなく私が。

今は我慢しているが、限界というものがあるのである。

そうして日々を送っているうちに、三ヶ月ほどが過ぎた。今日は朝から後宮全体が物々しい雰囲気に包まれている。

それは何故か。

実は昨日、国のお抱え占星術師が告げたのだ。

『明日の夜、流れ星が落ちる』と。

占星術師とは、天体の位置や動きを見て、世の中の吉凶や未来を占うことができる国が抱える術師である。

術師は皆、天文観測部と呼ばれる部署に所属していて、国のために働いている。

その天文観測部の占星術師が告げた『流れ星が落ちる』という言葉。

私の今生きる世界では、流れ星は凶兆だと信じられているのだ。

昔、どこかの国の王がうっかり流れ星を見た結果、国が滅んだとかいう嘘《うそ》くさい話が元にあるようなのだけれど、それを皆が信じているのは紛れもなく事実。

だから流れ星が落ちる日は一日中家の中に籠もり、神に祈りを捧げるというのが一般的な過ごし方であり、国からも推奨されていた。

災いを家の中に招いてはいけないと、そういう話らしい。

実際、占星術師のお告げを聞いた皆は、恐れ戦いている。あのシャロンですら「こうしてはいられないわ。私は今から部屋に籠もります」と私のことなど見向きもせず自室に隠れてしまったくらいなのだから、流れ星効果は侮れない。

残された妃候補の女性たちも、それぞれ自室に引き籠もっていく。

女官たちも同じだ。

慌てて後宮から出て行った。

どこかで女官同士集まる場所があるのかもしれない。

広い後宮の中、あっという間に私ひとりになる。ミラが「お嬢様」と声を掛けてきた。

「お部屋に戻りましょう、お嬢様」

「……そうね」

ミラの言葉に頷く。場を乱すのはよくない。

空気を読み、右に倣えの気持ちで、とりあえず自室に帰った。ミラが扉を閉めたのを確認して「よし」とこぶしを握る。

「やった。久しぶりの流れ星！　これは絶対に見に行かなくっちゃ！」

うふふと喜ぶ私を見たミラが「言うと思いました。これだからお嬢様は変人だなんて言われるんですよ」と冷たく告げる。

でも、仕方ないではないか。

私は前世から流れ星を見るのが一等好きだったのだ。白く輝く星がするりと空を滑り落ちていく様は、何度見ても美しいし、流れ星が落ちそうな時を狙ってソロキャンの予定も立てたくらいだ。

そもそも天体観測が好きな私が、流れ星を嫌いなはずがない。

それに前世の知識から、流れ星が不吉なものではなく、単なる化学現象だと知っているのだ。確か宇宙の塵が落ちて、大気中の原子や分子とぶつかることで光を放つ現象……とかそんなのだった。

だから流れ星を見ることに抵抗なんてあるわけもなかった。

——異世界だからって、流れ星の仕組みが変わるってわけでもないだろうし。

うんうんと頷いていると、ミラが淡々と私に言った。

「お嬢様が変わった方だというのはよーく存じ上げておりますが、こればかりは本当にお止めいただきたいです。流れ星は不吉を告げる凶星。見た者に死を運ぶ……なんて話だってあるくらいなのですよ。お嬢様が豪胆な方だということは知っていますが、流れ星を見に行くだなんて、さすがにどうかと思います」

「単なる迷信だって。ミラには言ったでしょ。流れ星はきちんと現象として説明できるものなんだって。不吉なんて何もないわよ。実際、今まで一度も不吉なことなんてなかったし」

「それは単に今までが運がよかっただけかと」

「いやいや、本当に不吉なんてないから」

はっはと笑い飛ばすも、ミラは信じ切れないようだ。

私も前世の知識がなければ外に出ようなんて思わなかっただろうから、気持ちは分からなくもないけれど。

でも。

「誰もいない中、ひとりで流れ星を堪能できるのよ！　そのチャンスを逃すなんて私にはできないっ！　ごめん、ミラ。不幸は私ひとりで請け負うから、どうか行かせて！　あなたは部屋に引き籠もっていてね！」

いくらミラの頼みでも、これだけは承服できない。

流れ星は定期的に訪れるものではないのだ。次はいつくるかも分からないのだから、見逃すなんてできなかった。

ミラががっくりと項垂《うなだ》れる。

何となく哀愁が漂っているのが分かった。

「……お嬢様をお止めできるとは端から思ってはいませんでしたが……。はあ、もう、知りませんよ？」

「うんうん、責任はちゃんと自分で取るから」

「そういうことを言っているんじゃないんですけどね。本当、お嬢様のメイドが務まるのは私だけだと思いますよ。お嬢様は精々私に感謝して下さい。分かっていますか？」

「分かってる、分かってるから」

コクコクと何度も頷く。

お説教はしても、結局ミラは私のしたいようにさせてくれるのだ。そんなところが有り難いし、確かに彼女以外に私のメイドはできないなと思うので、ミラには両手を握って熱くお礼を言ってみたが「気持ち悪い」と返されてしまった。

正直ちょっと傷ついたけれど、何も言える立場にないことは分かっていたので、再度「ありがとうございます、ミラ様」と崇め奉る。

「お嬢様。いい加減にしないと協力はしませんよ」

「えっ……」

本気で感謝したのに怒られた。

意味が分からない。

◇◇◇

無事、ミラからお許しを貰った私は、夜になるのを待ってから後宮を抜け出した。

念のために女官服を着てきたが、必要なかったかもしれない。

だって不吉だという噂《うわさ》を信じているからか、近衛兵のひとりすら見当たらないのだから。

「……これ、もしかしなくてもものすごく不用心なのでは？」

このタイミングで他国から狙われでもしたら、国はあっという間に落ちるのではないか。

幸い……というわけでもないが、流れ星が不吉だと信じているのは、この大陸に住む者ほぼ全員で例外はない。

どこも似たような感じで全員が屋内に隠れているのだから、何か問題が起ころうはずもなかった。

「完全にひとりって、こういう機会でもなければあり得ないわよね」

王城の灯りは消え、周囲は暗い。

不必要な灯りは消し、流れ星が去るのをひたすら息を潜めて待っているのだろう。

占星術師が告げた時間はもうすぐだ。

今日は人もいないし、いい感じでどこも暗いので、どこからでも流れ星を楽しめそうだった。

「あまり遠くに行くと、戻るのも大変だし……今日は近くの中庭にでも行こうかしら」

後宮から少し歩いた場所に中庭があるのだ。

季節の花が楽しめるそこは、散歩を楽しむ人たち用のベンチもあり、流れ星を眺めるのにちょうどよかった。

「本当は、小高い丘にでも登りたいところだけど、贅沢は言えないし」

少しでも高いところから星を見たい気持ちはあるが、これ以上を望むのはわがままでしかない。

中庭にあるベンチを見つけ、腰を下ろす。

いつもより暗い分、星がより一層綺麗に見えた。一瞬の瞬きに魅入られる。

星を掴むように手を伸ばした。

「今夜はこの星空が、全部私のものって感じ」

そんなわけはないが、それでも今この空を見ているのは私だけと思うと、多少の感傷にも浸りたくなる。

私はひたすら空を眺めながら、その時が来るのを今か今かと待っていた――のだけれど。

「……また君か」

「えっ……!?」

驚きすぎて、ぴょんとベンチから飛び上がってしまった。

今、聞こえるはずのない声が聞こえた。だって今日は流星が落ちる日。

私を除けば誰ひとり外へは出ない。そのはずなのに。

「………」

おそるおそる声のした方を見る。

呆れたように私を見ていたのは、少し前にひとりでお月見をしていた時に会った、近衛兵の彼だった。

相変わらずの美形ぶり。

暗い中でも彼の美しさが分かるのだから、きっと昼間見たらもっとすごいのではないだろうか。

「あなた……あの時の『通りすがりの近衛兵』じゃない」

今の今まで忘れていた記憶を引き出し告げる。彼は淡々と私に言った。

「そういう君は『酔狂な女官』だったな」

「いや、だから酔狂はやめてってば」

もう少し言葉を選んでくれまいか。そう思ったが、疑わしげな顔をされてしまった。

「今、この時、この場所にいる君が酔狂でなければ何だと言うんだ?」

「……う。それは……」

「流れ星が落ちると占星術師が予告していただろう。知らないのか?」

「……し、知ってるわ」

小さく返すと「知っているのならさっさと帰った方がいい」と忠告された。

「流れ星が落ちると予言された時まで、もう時間がない。女官たちが集まる場所は私も知っているが、間に合わないだろう。どこか身を隠せる場所にでも逃げるといい」

親切心から言ってくれているのが彼の言動から分かる。

だが、それをしては意味がないのだ。流れ星が見られなくなってしまう。

「忠告ありがとう。でも必要ないから」

「は？」

きっぱりと断ると、信じられないものを見る目で見られた。

だが私としても、ここまで来て流れ星を見られないとか絶対に嫌なのだ。だから開き直って言った。

「必要ない。つまり逃げないって言ったの。私、天体観測が趣味だから、今日の流れ星は絶対に見たいのよね。だから隠れるつもりはないわ。私のことは放っておいて。あなたこそさっさと隠れなさいよ」

私のわがままに巻き込むつもりはないので、逃げろと告げる。だが、彼は首を横に振った。

「……いい。……私はすでに不吉だからな。今更、不吉がひとつふたつ増えたところで困らないんだ」

「？」

どういう意味だと彼を見る。彼は夜空を睨みつけるように見ながら言った。

「とにかく天体観測なら後日にしろ。流れ星を見たいなんて馬鹿なことを言っていないで、隠れるんだ。君も、不幸になりたいわけではないだろう？」

その台詞が私に対する気遣いから来ていることは分かったが、余計なお世話でしかない。

私は言い聞かせるように彼に言った。

「だから、逃げないし隠れないって言ってるじゃない。あのね、信じるか信じないかは知らないけど、一応言っておくわね。流れ星が不吉だなんて、あれ、迷信。むしろ幸運を呼び込むって方が私には馴染み深いわ」

少なくとも私の生きていた日本ではそうだった。

海外では不吉と考えるところもあったみたいだが、日本では願いを叶える願い星として知られていた。そして私はその感覚を有したまま、ここにいる。

「流れ星が落ちきる前に、三回願い事を唱えることができたら、その願いは叶う。――こんな言い伝えがあること、あなたは知らない？」

知るはずはないだろうが、それでも告げる。

案の定、彼は「知らない」と答えた。

「古今東西、色々な書物を読んだが、そんな話見たことがない」

どうやら彼は相当な読書家のようだ。そうでなければ『古今東西』なんて言えないだろう。

「残念。書物には載っていないの。でも、私が今言った話は嘘じゃないわ。全部本当のこと。不吉だって考える人たちもそりゃあいるけどね。同じものを見て、幸運を呼び込むもの、願いを叶えるものと喜ぶ人だっているの。そして私はそちら側の人間で、だから流れ星は怖くないし、むしろ楽しんじゃおうって考えてるってわけ」

笑顔で語る私を、男が凝視してくる。

「ものの見方はひとつではないわ。そして何を信じるかもその人次第。ね、だから私は逃げなくても大丈夫。楽しく願い事を唱えようって考えているくらいなんだから」

こちらのことは心配しなくても平気だと一生懸命伝える。

男は動かない。

何を考えているのかも分からなかった。ただじっと私を見つめている。

「……ええっと、あなたも逃げない、の？」

居心地が悪く感じて声を掛けると、彼はコクリと頷いた。

「言っただろう。私はすでに不吉だから、逃げる必要はないのだと」

「ああうん。聞いたけど……えっと、じゃあ一緒に逃げない者同士、流れ星の観測でもする？」

できればひとりでこの滅多にない天文ショーを眺めたかったが、彼が動こうとしないので仕方なく提案した。

ただ突っ立っていられるのは迷惑だと思ったのもある。

己の隣の席をパンパンと叩く。

「ここ、どうぞ。どうせなら座って見ましょう？」

「…………」

返事がない。

酔狂な誘いには興味がないということだろうか。

だが、しばらくして男は私が示した場所に腰掛けた。

やっぱり視線を感じる。見ているくせに何も言わないのが耐えきれなくて、声をあげた。

「わ、私ね、夜の星空を見上げるのが大好きなの。だってほら、こうやって広い、どこまでも続く夜空を見ていると、自分の悩みなんてちっぽけなものだって思えるでしょう？　どうでもよくなるじゃない……って、あ、きた！　流れ星だ‼」

今、星が流れていったのが見えた。流れ星を指さす。

慌てて願い事を口にした。

「幸せになれますように、幸せになれますように、幸せに……って、ほら、あなたも早く願い事を言って‼」

ぽかんとしている男の肩を揺さぶる。

ぼんやりしていたら、タイミングを逃すのだ。

男に願い事を言うよう促し、再度、自分の願い事を唱える。

だが、一歩遅かったようで、最後まで言い切ることができなかった。

「ああああーっ！　惜しい‼　言いそびれた！　ね、あなたはちゃんと願い事を言えた⁉」

男を見ると、彼は呆気にとられたような顔をしつつも否定した。

「い、いや……」

「あなたも間に合わなかったか。あ、でももう一回来る！　ほら、早く‼」

幸運にも流れ星第二弾がやってきた。

今度こそと思い、願い事を唱える。

「幸せになれますように、幸せになれますように、幸せになれますように。……よっしゃ！　言い切ったっ！」

流れ星が落ちきる前に最後まで言い切れた。

別に願いは心の中で言ってもいいのだけれど、こういう風にするんだよと一緒にいる彼に教えてあげたかったのだ。

まるで呪文のように願い事を早口で唱える私に、彼はドン引きしているように見えたが……うん、きっと気のせいだろう。

「……今回の流れ星はこれで終わりかなあ……」

多い時は流星群のように落ちることもあるのだ。それならたくさん願い事が言える。

天体観測をしにきただけではないのかと言われるかもしれないが、それはそれ、これはこれ。

流れ星の醍醐味は全力で楽しんでいきたい。

満足し、ベンチから立ち上がる。隣にいる彼に聞いた。

「ね、今度はちゃんと願い事を言えた？」

「え」

彼は目を瞬かせていたが、今度は首を縦に振った。

「そ、そう、だな」

「よかった！　叶うといいわね！」

嘘か本当かは分からないが、どうやら願い事を言えたらしい。

それならよかった。

私は彼に向き直り、笑顔で言った。

「じゃあ、私は行くわ。皆が出てくる前に戻らないといけないから」

「えっ……」

「ん？　あなたも同じでしょう？　どこの隊の所属かは知らないけれど、戻った方がいいんじゃないの？」

近衛兵はそれぞれ隊ごとに担当する部署があると聞いたことがあるのだ。

私の言葉に彼は「あ、ああ、そう、だったな」とどこか他人事のような返事をする。

変なのと思いはしたが、こちらも時間があるわけではないのだ。

ミラが心配している。彼女を安心させるためにも早く帰らなければならなかった。

わがままを聞いてもらったのだから、最低それくらいせねばさすがに申し訳ない。

「じゃ、元気で」

次、会えるかも分からないので、自然とそんな挨拶になる。

彼は返事をしなかったが、私は気にせず背を向けた。別れの挨拶は済ませたからだ。

後宮に向かって歩く。

途中、一度だけ振り返った。

もしかして後をつけられていないかと、ちょっとだけ不安になったのだ。

でもそれは私の考えすぎ。

そこには誰もいない。

ただ静かな夜の世界が広がっているだけで、とても平和なものだった。

◇◇◇

「やあ」

「…………」

――また来た。

寝転がって星を見ていると、そろそろ恒例となった邪魔が入った。

しぶしぶ起き上がる。大きな溜息を吐き、声を掛けてきた主を見ると、彼は何が嬉しいのか、笑顔になった。

流れ星が落ちた日からひと月ほどが過ぎた。

あのあと無事、私は後宮に帰り着くことができたのだけれど、問題が起きたのはその後だった。

数日後の夜、いつものように後宮を抜け出してお気に入りスポットへ向かうと、何故かそこにはあの『通りすがりの近衛兵』がいて、私に向かって手を振っていたのだ。

「え、え、え⁉」

まさかまた会うとは思っていなかったので驚いた。しかも彼の態度からどうやら私を待っていたらしいと気づけば『どうして』という疑問しかない。

実際、私はその疑問を彼にぶつけたのだけれど「天体観測の素晴らしさに目覚めたんだ」なんていう、嘘か本当か判別しにくいことを言われ、何故か彼と一緒に星を見ることになってしまった。

本当に謎だ。

しかも、それから天体観測に出掛けるたび、毎度彼と鉢合わせになる。

私は毎夜、外に出ているわけではないし、観測場所だって変えている。それなのに、どうして百パーセントの確率で出会うのか。

今日を含めれば、彼と会うのはこれで八度目。いい加減、うんざりするのも当然だと思う。

「あのねえ」

大きな溜息を吐く私を余所《よそ》に、彼は笑顔で私が座っている敷布を指さした。

「横にずれてくれる？　私も座りたいんだ」

「……何で当たり前のように座ろうとしてるの。こわ……」

図々しいにもほどがある。

だが、それに慣れてしまった私も大概だろう。

――だって、言っても帰らないんだもの。

来始めた当初は、私だって彼を追い返そうと努力した。基本、ひとりで天体観測がしたいのだと説明だってしたのだ。

だが彼はそれを聞いても「邪魔はしないから」と言って、居座り続けた。

すさまじい根性だと思うし、そこまでされれば諦めるより他はない。

本当に邪魔なら帰ろうと決め、彼と一緒に過ごすことを選んだのだけれど。

――これがまた、意外と楽なのよね……。

思いの外、彼と過ごすことはストレスにならなかったのだ。どちらかというと楽しいくらいで、自分でもびっくりしている。

「……ちょっと待って」

座りたいという彼のために少し横にずれ、場所を作る。彼は「ありがとう」と言いながら、遠慮なく隣に座ってきた。

「今日は空気が澄んでいて、星が綺麗に見えるから。絶対に来ると思ったんだ」

どうやら確信して来たらしい。

今夜私が外に出てくる気になったのは、彼が今言ったとおりの理由だったから、心の中を読まれている気分になった。

「あのね、ピンポイントで来る日を予想しないで欲しいんだけど」

「予想というほどではない。君が天体観測を目的としているのなら、いい気象条件の日を選ぶのは当然だろう？」

「当然……当然かなあ。分かっているのなら避けてくれたらいいと思わない？　もしくは私とは違う場所で天体観測をするとか」

「え、何で。君と一緒がいいから来ているのに？」

まるで口説くような言葉に、ドン引きした。

「うわ……」

「うわって言い方はひどいな。嘘は言っていないんだけど」

「本当だからいいって話じゃないのよね……」

全くもってやめて欲しい。

そうでなくても、最近男の話し方が妙に優しく感じるようになったのだ。

最初に会った時のような冷たさはどこにもない。いつの間にか、甘く優しいもの言いに変化していた。間違いなく気のせいではないし、これはあまりよくない変化だ。

鋭かった目線も何だか柔らかくなったし、これが単に『知らない人』から『顔見知り』になったからならいいのだけれど、絶対に違う気がするから溜息が止まらない。

現在妃候補である私が、他の誰かに好かれるとかまずすぎる。

気持ちがズンと重くなったが、何とか気を取り直して夜空を見上げた。今日はいつもより多くの星が見えている。

「珍しい。トロリアが見えるわ」

トロリアというのはかなり小さな星で、相当気象条件がよくなければ、見ることができない。

思わずという風に告げると、彼からも同意が返ってきた。

「本当だ。でも残念。さすがにフローリアまでは見えないか」

「…………」

「どうせならフローリアも見えたらよかったのに」

さらりと告げる彼を凝視する。

彼の言うフローリアとは、トロリアと対になる星だ。夫婦星とも呼ばれるが、知っている人はかなり少ない。

「……詳しいわね」

「そういう言い方をするってことは君も知っているんだろう？　天体については、昔かなり詳しく勉強したから、その時の知識かな」

「へえ……」

「トロリアとフローリアには神話もあるけど、そっちは知ってる？」

「え、ええ」

簡単そうに言うが、かなり深い知識だ。

特に神話の方は分厚い辞書みたいな書籍を読んでいなければ、知らないようなもの。

私は前世からの趣味で、自分が好きで読んでいたのだけれど、私ほど天体が好きそうでもない彼がそこまで知っていたことには驚きだった。

そしてめったにお目に掛かれない、同じレベルで天体の話ができる存在を見つけたことで、私のテンションが上がってしまったのも事実だった。

――く、悔しい。

いい加減、来るのはやめてくれと言ってやろうと思っていたのに、ここに来て深い知識の一片を見せつけてくるとか。

これでは来ないでくれと言えないではないか。

同じレベルで会話できる相手は稀少なのだ。できれば仲良くしておきたい。

そう思っていると、ふいに男が言った。

「あのさ」

「何？」

「……私たちって互いの名前も知らないだろう？」

「……えっと、まあ、そうね」

何を言い出すのかと男を見る。

彼は身体を起こすと、私の方をじっと見た。

「いい加減、君の名前が知りたいなって思って。私たち、知り合って結構経つだろう？」

「……結構？　まるで一年でも過ぎたかのような言い方ね」

言いながら、私も身体を起こす。

ついに来たと思った。

そのうち言われるだろうなとは薄々察していたのだ。

何せ私たちは互いのことを何も知らない。それこそ名前を呼び合うことすらできない関係なのだ。

別に私はそれで構わない……というか、そうでないと困るのだけれど、彼の方がいつか言い出すのではと警戒していた。

何度も顔を合わせれば、名前くらいは聞きたくなるのが当然だろうと思うから。

あと、彼の態度が明らかに好意的なものに変化していたから、正直、いつ来るかとビクビクしていた。

「名前と、あと、できればどこで働いているのかも教えて欲しいんだけど」

「……どこで働いているかなんて、別に知る必要ないでしょ」

舌打ちしたい気持ちを堪えながら言う。彼は「そうかな」と口を尖らせた。

「自己申告でしかないけど、ちゃんと制服を着ているし、王城についても詳しいから女官だというのは疑っていない。でも、日中、一度も君を見かけないから。どこを担当しているんだろうって気になって」

「……日中、見かけないって……。もしかして私のことを探した？」

嫌な予感がし、尋ねる。彼は素直に頷いた。

「うん。会えるのが夜だけなんて嫌だし、君のことをもっと知りたくて」

「……やめてよね」

危なかった。

これはもう図書室へ行くのもやめた方がいいのではないだろうか。しかし日中、彼と鉢合わせする可能性に今まで気づいていなかった自分が愚かすぎる。

彼は近衛兵なのだから、日中も王城にいて当然なのに。

内心ひどく焦っていると、彼が言った。

「でも、まずは名前かな。君の名前をちゃんと呼びたいから」

青い目が私を見ている。

まるで、嘘は許さないとでもいうような瞳の強さにたじろいだ。

でも、本当のことは口にできないのだ。

だって実は後宮の妃候補。それも正妃候補です、なんて言えるはずないではないか。

一応、ギリギリ後宮のルールは守っているが（夜間に外に出てはいけないという規則はない）、法の抜け穴を掻い潜っている自覚はあるのだ。

駄目と言われなくても、常識的に考えれば分かるよね？というやつである。

「……えっと」

「うん」

続きを促すように彼が相槌《あいづち》を打つ。何だか強い圧力を掛けられているような気がするのは絶対に気のせいではないはずだ。

背中に冷や汗が流れ落ちる。頭の中が真っ白だ。それでも何とか口を開いた。

「あのね」

「うん」

「……あ、あなたの言いたいことは分かる。でも、私的にはまだ早いと思うから……そうね、次に会った時……で、どう？」

苦し紛れに告げると、彼は首を傾げた。

「次？　今では駄目なの？」

「こ、心の準備ができていなくて。そ、それに私のことが知りたいのなら、あなたの方こそまず自己紹介するべきでしょ！　自分は名乗らず、私には情報を吐かせようなんて許されないんだからね！」

思いつきで口にしただけだが、意外と筋が通っているのではないだろうか。

同格の相手に名前を聞くのなら、まずは己が名乗る。

それなのに彼は、自分のことは何も言おうとせず、私に名前を聞いてきたのだ。

完全にルール違反だ。

男を睨みつける。何故か彼は呆気にとられた顔をしていた。

「えっ……えーと……私が先に？　でも……あ、そう……か」

「何よ」

「……いや、その……考えてもいなくて」

「人に名前を聞く時はまず自分からって当たり前のことじゃない？」

「ああうん、確かにその通りなんだけど……まいったな」

本気で戸惑っているようだ。彼は髪を掻き「すっかり忘れてた……」とひとりで唸っている。

何を忘れていたというのだ。意味が分からない。

「ねえ」

放っておかれるのも困るので声を掛ける。

彼はハッとしたように私を見た。そうして口を開く。

「分かった。今日は聞かない。君の言うとおり、次回に持ち越すことにする」

「えっ……」

――いいの？

パチパチと目を瞬かせる。

私としては助かるけれど、急に意見を翻《ひるがえ》してきた真意が分からないのはちょっと怖かった。

どう動くべきか。悩んでいると、彼は真顔で言った。

「君の指摘は正しいし、確かに私はルール違反を犯した。だからそのお詫びに、君の提案を受け入れるよ。互いのことを話すのは次に会った時にしよう」

「……本当に？」

おそるおそる尋ねると、あっさりと肯定が返ってきた。

「うん。別に私は今名乗っても構わないんだけど、心の準備をする時間があった方がいいのは確かだし、強引に迫って君に嫌われたくないから」

どこかすっきりとしたような顔をする彼を唖然と見つめる。

次に会ったら、私が正妃候補であることを告げる？　絶対に無理だ。

本気で困っていると、彼が立ち上がった。

「――じゃあ、今日はこれで。ずっと君のことを知りたいと思っていたから、次に会える時が楽しみだよ」

「……そう」

「私のことももちろん話すけど、できれば驚かないで欲しいなと思う」

驚くって何だ。

近衛兵の勤め先なんて知ったところで驚かないし、どこぞの貴族の息子だと言われても「ああ、そう」としか思わないと断言できるけど。

そんなことより、とにかく私の話をしたくない。全てはこれに尽きるのだ。

とはいえ、次に会ったらと先に言い出したのは私だ。

男は私に背を向け、本館に向かって歩いて行く。その姿が完全に見えなくなってから、私は頭を抱えた。

「……どうしよう」

次に会ったら、逃げられない。

嘘を吐いたところで、少し調べられたら一瞬でバレるし、本当のことはもっと言えない。

今更ながらに、真夜中の交流を後悔したが、もう遅い。

彼がこちらに興味を持ったと気づいた時点で、外に出るのをやめなかった私の自業自得だ。

どこかで大丈夫だろうと楽観視していたのだ。

見て見ない振りをしていた。だって、天体観測を続けたかったから。

それならどこにでもいる女官を貫き通さなければいけなかったのに、個人として認識されてしまったのは間違いなく私の落ち度である。

「とりあえず、しばらく夜の天体観測はやめよう……」

どうにも手遅れ感が拭えなかったが、何もしないよりはマシ。

私は敷布を片付け、とぼとぼと後宮へ帰った。

◇◇◇

「ミラ、どうしよう。ヤバイかもしれない」

自室に戻った私は、すぐさま今まであったことを全部ミラに告白した。

いつも協力してもらっている彼女に黙っているのはどうかと思ったからだ。

最近、会うようになった男に名前と所属先を聞かれ、困っていると告げると、ミラは冷たい目で私を見た。

「お嬢様……一体、何をしていらっしゃるんですか」

「……う、ごめんなさい」

小さくなりながらも謝る。

ミラは淡々と私に言った。

「ただでさえ、夜中に抜け出すなんてことをしているのに、男と密会していたなんて。全く、公爵家のご令嬢がすることとは思えません」

「言い方！　密会なんてしていないから。私がいるところに勝手に来るの。会いたいなんて思ってない！」

「でも、会っても追い返しはしなかったのでしょう？」

声に呆れが混じっている。

私は必死に言い返した。

「追い返そうとしても無駄なの！　勝手に居座ってくるんだから」

「そうですか。その状況下でも、天体観測のために外に出続けたお嬢様の豪胆すぎる根性には驚きを禁じ得ませんね」

「……う」

「しかも今の今まで黙っているとか。どうしてもっと早く教えてくれなかったんですか」

「そ、それは……」

尤もすぎる指摘に口を噤む。

ミラに言わなかった理由は簡単だ。

言えばもう、天体観測のために抜け出すことに協力してもらえなくなると思ったから。

私の顔から答えを察したのだろう。ミラが冷たい声で言った。

「なるほど。私に外出を禁じられるのが嫌だったんですね」

「ぐ……」

「お嬢様が何処の誰とも分からない男と密会しているなんて知れば、当然、メイドとして諫めます。あと、通いがないとはいえ、あなたは一応シリウス殿下の正妃候補なのですよ。そのあなたが余所で男と会っているなんて外聞が悪すぎます。もう少し、その辺り自覚を持っていただきたいですね。愚かなお嬢様にはお分かりにならないかと思いますが」

「……申し訳ございませんでした」

完全に自分が悪いことは理解しているので、しおしおと謝る。

「反省しているし、自分が馬鹿だったということは分かっているの。興味を持たれたって気づいた時点で接触を断たなかった私が悪いのよね。お叱りも厭味も何でも聞くから、助けて」

「助けても何も、二度と会わないようにする以外ないでしょう。まだ、名前は知られていないのですよね？」

確認され、頷いた。

「ええ。何とか誤魔化したから。偽名も名乗っていないし、今ならまだ調べようがないと思う」

「そのあたりはしっかり自衛できていたようで何よりです。下手に偽名を名乗らなかったのも正解でした。あとは……そうですね。その男と会わないように、夜の天体観測には行かないこと。それしかないと思います」

「……やっぱりそうよね」

他に方法はないかと淡い期待を抱いていたが、やはりそれしか方法はないようだ。

溜息を吐くと、即座にミラに反応された。

「お嬢様？　この期に及んで、まだ天体観測に行きたいなどと――」

「言わない！　さすがに言わないわよ。その……分かったわ。もう、外には出ない」

諦めて頷く。

ミラは私を睨んでいたが、本気で反省しているのが伝わったのか「分かって下さったのなら結構です」と告げた。

「天体観測がお嬢様のストレス発散になることは分かっていますが、こうなれば仕方ありません。夜の天体観測は屋敷に戻るまでお預けということでよろしいですね？」

「え、戻るまでずっと⁉」

ほとぼりが冷めればいいかと思っていただけにギョッとした。

ミラが「お嬢様？」と強い口調で私を窘《たしな》める。

「当たり前でしょう。次、見つかったらアウトなのですから、二度と行かないしかありません」

「そ、そう、よね」

ミラの言う通りだ。

ほとぼりが冷めたと思って出掛けた先で、もし彼と会ったら元の木阿弥。

これは自業自得。自業自得なのだ。

私はがっくりしながらも頷いた。

「……分かったわ。でも、屋敷に戻るまでまだ半年くらいあるのに。……はあ、長いなあ」

半年もの間、天体観測ができないとか辛すぎる。

後宮の庭にくらいになら出られるだろうが、止めておいた方がいいだろう。

万が一、シャロンやその取り巻きたちに見つかったら、何をしているのかと馬鹿にされるのは間違いないだろうし。

私にできるのは精々、自室の窓から空を見上げるくらい。

「辛い……」

しょぼんと項垂れるも、ミラが同情してくれるはずもなく、こうして私の夜の外出はなくなった。

◇◇◇

夜の天体観測を止めて、しばらく経った。

念のため、昼間外に出ることも止めているので、当然ながらあの男に会うことも身バレすることもなく暮らせている。

後宮に籠もりきりの日々は退屈だけれど、そもそも己の行いが悪いせいなのだ。

諦めて屋敷から持ってきた本を読んだり、令嬢らしく刺繍に勤しんだりして過ごしていた。

今の私が思うのはとにかく早く帰りたい。これに尽きる。

自室から出れば、相変わらずシャロンが突っかかってくるし、何もいいことがない。

シャロンはとにかく私のことが気に入らないのだ。

同じ公爵家の娘なのに、私がそれらしく振る舞わないことが気に障るらしく、毎度文句を言ってくる。

「まだ生ぬるいお友達付き合いを続けているの？　私たちは正妃候補で彼女たちは愛妾候補。れっきとした溝があるのよ。いい加減自覚して、身分に相応しい振る舞いを身につければ如何？」

非常に余計なお世話だ。

私は私なりに過ごしているのだからいい加減、放っておいて欲しい。

人は人、自分は自分。

それぞれ互いを尊重しようという考えはないのだろうか。

午後のお茶の時間、ぼんやりとシャロンのことを考えながら、すでに十度は読んだ本を読み返していると、地下にある厨房までお菓子を取りにいってくれていたミラが戻ってきた。

後宮には地下があり、厨房だけではなく洗濯をしたりする場所などがあるのだ。

厨房には毎日女官たちが王城から運んでくる食材やお菓子が置いてあり、自由に使っていいことになっている。そのお菓子をミラは取りにいってくれていたのだけれど、妙に複雑そうな顔をしているように見えた。

「ミラ、どうしたの。何だか変な顔をしているけど。厨房で何かあった？」

ミラの様子がどうにも気になり、声を掛ける。

彼女は持ってきたお菓子（今日は焼き菓子だった）をテーブルに置き、ソファに座る私に言った。

「……お嬢様、大変です」

「大変？」

要領を得ない話し方に首を傾げる。どうやらミラは混乱しているようだ。

「落ち着いて、ミラ。あと、私にも分かるように説明して。大変だと言われただけでは何も分からないわ」

困惑しつつも告げると、ミラはハッと我に返った。

そうして私を見つめ、口を開く。

「……厨房にいた女官に聞いたのです。来週、後宮で宴が行われるのだと」

「宴？　後宮で？　珍しいわね」

私が来てから一度も行われたことのない宴。それが開かれると聞き、首を傾げた。

「でも、それがどうしたの？」

「どうしたのって……お嬢様は、後宮で行われる宴の意味をご存じではありませんか？　後宮で開かれる宴、ですよ？」

「そんなの分かってるって……あ」

ミラに二度問いかけられ、ようやく彼女が混乱していたわけが分かった。

後宮で宴が開かれる理由はひとつしかないのだ。

後宮の主人をもてなすため。

後宮の主人、つまりはシリウス王子である。

シリウス王子は今まで一度も後宮に足を運ばなかった。だから宴も開かれたことがなかったのだけれど、その宴が今回は開催される。つまり——。

「えっ、シリウス殿下が後宮に来られるの⁉」

驚く私に、ミラがこっくりと頷く。そうして女官たちから聞いた話を教えてくれた。

どうやら息子があまりにも後宮に通わない現状に業を煮やした国王が、せめて宴を開いて妃候補たちと交流を図れと王子に命じたとのこと。

愕然とする私にミラが言った。

「当たり前ですが、殿下と妃候補は全員強制参加だそうです。これは国王命令。誰であれ欠席は許されないと……」

「嘘でしょ……」

何だ、それ。

後宮の主であるシリウス王子本人が宴を開きたいというのならまだしも、国王命令？

つまりシリウス王子は後宮に来たくもないのに、来させられるわけだ。

もちろん私も王子に興味なんてないので、宴なんて言われても困るだけ。

喜ぶのは……妃になりたいと願っている妃候補たちくらいだろうか。

ようやく王子と会えるのではしゃぎそうだが、彼が笑顔で相手をしてくれるかと言えば、多分、ノーだろう。

元々、後宮に興味のない人なのだ。そんな彼が無理やり来させられて、そもそも上機嫌なはずがない。

最悪、地獄のような雰囲気の宴になることは予測できた。

「うわ、最悪じゃない」

想像しただけで、辟易《へきえき》した。

できれば自室に引き籠もって、欠席したい。

とはいえ、国王命令では許されない。

妃候補のひとりとして王子の側に侍らなければならないのだ。

ミラと顔を見合わせる。
宴まで一週間。
胃の痛いことになりそうだ。

第三章　スノウ、宴に出る

私が宴のことを知ってすぐ、女官長から皆に正式に通達があった。

王子が出席する宴。

私も含め、妃候補の誰ひとりとして王子の顔を知らない。

一度も会ったことがないのだから当然だ。

どんな人なのだろうと一斉に皆は色めき立った。それはシャロンも例外ではなく、分かりやすく目を輝かせている。

彼女は王子の正妃になりたいと思って後宮にいるのだから喜ぶのも当たり前だろう。

だが、ますます私に対する当たりが強くなったことだけはいただけなかった。

今までは、私のやることなすこと全てが気に入らない的な感じだったのが、明確にライバル扱いしてくるようになったのだ。

ふたりしかいない正妃候補のひとりだから、それも仕方ないのかもしれないけど。

「来週の宴でシリウス殿下に見初められるのは私よ。あなたみたいに公爵令嬢らしくない女が選ばれることは絶対にないわね」

こんな感じのことを会うたびに言ってくるのだ。

私も突っかかられるのはごめんなので、この際ちゃんと伝えておこうと思い、シャロンには「私は別に正妃になるつもりはないから。一年経ったら帰るわ」と伝えたのだけれど、シャロンからすれば、正妃になりたくない女などいるはずがないというのが持論なので、本気に受け取ってはもらえなかった。

むしろ「勝てないからって、もう負けた時の言い訳かしら。見苦しいわ」なんて嘲笑われる始末で、ほとほと困っていた。

しかも、この件に関してうるさいのはシャロンだけではないのだ。

すっかり私の派閥（作った覚えは断じてない）のトップと化したセシリアが、シャロンに攻撃され、溜息を吐く私に言うのである。

「私たちはスノードロップ様こそ殿下の正妃に相応しいと思っていますわ。シャロン様に言われたことなど、どうか気になさらないで下さい」

と。

完全に慰められている。

皆もセシリアと一緒になって「そうですわ」「正妃に相応しいのはスノードロップ様」「ぜひ、正妃になられた暁には私たちのことを思い出して下さいませ」なんて言うものだから、嫌でもここが後宮であることを思い知らされた。

今まで王子の渡りがなかったために平和な場所だった後宮が、ここに来て、本来の姿を見せ始めたのである。

それはつまり、女と女の戦い。王子を巡っての勢力争いである。

今や私派とシャロン派の妃候補たちは、会えば啀《いが》み合い、厭味を言い合う始末。

今までも決して仲良くはなかったけれど、それでもここまでではなかったのに。

後宮内の空気が一気にギスギスして、とても居心地が悪い。

そして何が一番辛いって、そのトップのひとりに据えられているのが私だというところだ。

私に正妃になるつもりなどないのに。

誤解されたくないので、セシリアたちにも伝えたのだけれど、やはり本気にはとってもらえなかった。

王子に見初められて正妃となることこそ、女としての幸せだと彼女たちは真剣に信じているのである。

父にも戻って来いと言われているのだと伝えてみたが「スノードロップ様に負担を掛けないように、わざとそう言っておられるのですね。さすが公爵様ですわ」と美談として受け止められてしまった。

こうなるともう、分かってくれるのはミラだけだ。

疲れ切った私は毎晩、彼女に「もう帰りたい」と愚痴ったが、どうすることもできない。

そうして俄に賑やかになった後宮の雰囲気に振り回され続けて一週間。

ついに宴の日はやってきた。

◇◇◇

「馬子にも衣装とは、こういう時に使う言葉なのでしょうね」

私の衣装を整えてくれていたミラが感心したように告げる。

私は呆れ顔で彼女を見た。

「あのね、こういう時は素直に『お綺麗です』とでも言っておけばいいと思うの。どうして要らない言葉をわざわざ付け足そうとするのよ」

「それが私ですので。さあ、できましたよ。お嬢様」

目の前にある姿見を覗《のぞ》く。そこには綺麗にドレスアップした女が映っていた。

数日前、父から届けられたドレスはキラキラとした銀色。私の髪色が銀色なので、それと合わせてくれたのだろう。

父からは手紙も添えられており「幸運を祈る」とだけ書かれてあった。

おそらくこれは『王子に見初められろ』ではなく『見初められないように』の意味だと何となく察した。だってドレスの色も、王子の髪色とは全く違うものだったし。

宴では意中の相手がいる場合、その色を纏うのが暗黙の了解とされる。そんな中、父が用意したのはある意味正反対の色のドレス。

私を王家にやるつもりはないと言っていた父の言葉が本当であるとよく分かる選択だった。

「お父様ってば、あからさまなんだから」

髪色に合わせたドレスは殆ど肌見せのないもので、重く見えないように胸元から首に掛けては、美しいレースの刺繍が使われている。レースの隙間から多少肌は見えるが、いやらしさは全くない。非常に上品な仕上がりだ。

胸元が開いたドレスでわざわざ王子にアピールするつもりはないという深読みができるデザインにちょっと笑ってしまったし、父の意図を感じられて嬉しかった。

ただ、公爵家の令嬢として相応しい贅を尽くした格好であることは間違いない。身につけたアクセサリーは大きなダイヤモンドが使われたものだし、これならシャロンも文句は言わないだろう。

髪は結い上げているが、一部は下に垂らしている。

「……見初められたくはなくても、きちんとしないといけないものね」

わざと場に相応しくない格好をするのは愚の骨頂だ。そんなことをすれば悪目立ちするだけ。

『らしく』着飾った方が逆に目立たないのだと知っている。

王子の出席する宴に相応しい公爵令嬢としての格好こそが、私を一番目立たなくさせるのである。

「気は進まないけど、遅れるわけにはいかないし、行きましょうか」

鏡に映った自分を確認し、小さく溜息を吐く。

ミラが「お嬢様」と声を掛けてきた。

「私は広間には行けませんが、健闘をお祈りしております」

「……ありがとう」

ミラの応援に苦笑いをする。

今日の宴にミラは連れて行けないのだ。正妃候補のメイドは、自室に待機させておくことと決まっている。

ミラも一緒なら心強かったのだが、規則で決められているので仕方ない。

彼女を残し、ひとり自室を出る。

空中廊下から下を見れば、すでに半数以上の妃候補たちが集まっていた。王子が来るという興奮が抑えきれないのか、会場の空気も熱気があるように思える。

一番奥の少し高い場所にある上座には赤い豪奢な敷布が敷かれている。主役である王子の席だろう。肘置きやクッションもあった。

後宮内で行われるものなので、堅苦しい宴ではないのだ。座って、食べたり飲んだり踊ったりを楽しむ場ということで、皆もそれぞれの場所で寛いでいる。

「まあ、スノードロップ様！」

下を見ているとセシリアが気づき、声をあげた。皆が一斉にこちらを見る。それに手を振って応え、階下へ向かった。

「あ」

「まあ」

タイミング悪く、広間に続く扉の前でシャロンと鉢合わせてしまった。

彼女は王子の髪色を意識した、シャンパンゴールドのドレスを着ていた。胸元も大きく開けられており、かなり肌見せを意識したデザインだった。

胸元に輝いているのは、前回にも見た大きな赤い宝石のついたネックレスだ。余程気に入っているのだろう。確かにシャロンに赤はよく似合うけれども。

全体的に華やかで美しい。シャロンはスタイル抜群の美女なので、このような格好もセンスよく着こなせてしまう。

――本当、美人よね。

ネチネチと文句を言われたり、絡んだりされるのは嫌だが、シャロンが美人だというのは認めざるを得ない事実だ。

華やかで、その場がパッと明るくなる目の覚めるような美女。

内心見惚れていると、シャロンは値踏みするように私を見た。

「……格好はまあまあね。いい素材を使ってる。身につけている宝石も公爵家の令嬢として恥ずかしくないものだわ。でも、殿下が来られるというのに、ドレスが銀色ってどういう了見かしら。普通は金色か、それに近しい色を選ぶものではないの？」

信じられないという顔をされ、息を吐いた。

「別に金色でないといけないという決まりはないでしょう？　私はこのドレス、とても気に入っているの。放っておいてちょうだい」

「……それはそうだけど、こんなの敵前逃亡のようなものよ。殿下にアピールする最大のチャンスをあなたは一体何だと思っているの」

シャロンには私の格好がやる気がないように見えるようで、美しい眉を吊り上げ怒っている。王子に見初められたいのなら、むしろ私の格好は彼女にとって喜ばしいものだと思うのに、どうして怒っているのか、シャロンの気持ちが分からなかった。

素直に疑問を口にする。

「……ライバルが自滅するのって普通は歓迎するものじゃないの？　どうして文句を言うのよ」

本気で言ったのだが、彼女はますます怒りを見せた。

「言うに決まってるでしょ！　今のあなたに勝つのなんて当たり前じゃない。そうではなく、私は圧倒的なまでに差を付けて勝ちたいのよ！」

「ええ……？」

「それなのにあなたと来たら、戦いの舞台にも上がろうとしない。……いいわ。あなたは私が殿下に見初められるところを特等席で見ていなさい。公爵令嬢として正しいのは誰なのか、見せてあげるから」

「……はあ」

別に要らないと思いながらも返事をする。

シャロンが選ばれるのならそれはそれでいいと思うからだ。

王子に妃がいないことを憂えている国王も喜ぶだろうし、シャロンは妃になりたいと望んでいるのだから、誰も困る人がいない。

私も選ばれなくて嬉しいから、皆、ハッピーだ。

「頑張ってね」

一応、応援しておくかと声を掛けると、すごく嫌そうな顔をされた。

「その、私のことなんて意識してませんって態度がムカツクのよ」

吐き捨てるように言われ、困惑しつつも口を開いた。

「そんなつもりはないんだけど、私とあなたでは価値観が違いすぎるのだと思う。気に入らないのなら可能な限り近づかないようにするのがお互いのためじゃないかしら」

妃になることを目的としている彼女と、一年経ったら帰りたい私とでは、そもそも目的が違うし、公爵令嬢としての在り方も全く異なる。

方向性が全く違うふたり。

上手く行けば仲良くなれたのかもしれないけど、残念ながらそうはならなかった。

そしてそれなら離れるべきだと思うのだけれど。

――シャロンの方が放っておいてくれないのよね。

嫌なら関わらなければいいのに。

内心の思いが顔に出ていたのだろうか。

シャロンは美しい眉を顰《ひそ》めながら、先に広間に入っていった。

◇◇◇

「スノードロップ様！　さ、こちらに」

広間に入ると、セシリアを始めとした私の取り巻きたちが笑顔でやってきた。

彼女たちが案内してくれたのは、王子のために用意された席の隣だ。

「スノードロップ様のお席ですわ。どうぞ」

反対側にはすでにシャロンが着席している。

王子を正妃候補が挟む形のようだ。候補がふたりいるのでこのような配置になったのだろう。

その一段下の壁際両端にセシリアたち愛妾候補がずらりと座っている。

広間の真ん中が空いているのは、王子の通り道になるのと、あとは余興なり何なりできるようにするためだ。

しずしずと用意された席に座る。多くの女官たちが、忙しげに料理を運び入れていた。

——如何にも、宴が始まるって感じがするわね。

私の席のすぐ近くにはセシリアが座っていて、目を向けるとにこりと笑ってくれた。

「どうなさいましたか？」

「……何でもないわ」

当たり前だが、愛妾候補の間にも序列がある。基本は父親の爵位。あとは日常生活で自然と立場の上下が決まっていく。セシリアは私の派閥の筆頭と見なされているので、私のすぐ近くに座ることができるのだ。

こういう時、嫌でもこの世界が階級社会であることを思い知らされる。

セシリアが弾んだ声で話しかけてきた。

「シリウス殿下はどのような方なのでしょうか。初めてお会いするので、とても緊張していますわ」

確かに頬が上気している。楽しみにしているのが伝わってきて、思わず言った。

「さあ。幼馴染み曰く、真面目な方だそうだけど」

「スノードロップ様の幼馴染み、ですか？」

キョトンとする彼女に頷いてみせる。

「ええ。偶然だけど、殿下の側近なの。前に少し聞いただけだからそれ以上は知らないけど、そう言っていたわよ」

「殿下の側近が幼馴染み……さすが殿下の正妃候補ともなる方は違いますわね」

憧れるような目を向けられたが、大層なものではない。

何せ、リゲルは会うたび厭味を言ってくるような男なので。

顔だけはいいが、羨ましがられるような関係性ではないのだ。本当に単なる幼馴染み。それ以上でもそれ以下でもない。

セシリアととりとめのない話をしていると、広間に入ってきた女官長が私たちに告げた。

「皆様、シリウス殿下がいらっしゃいます」

「っ……」

「どうぞ、静粛に」

賑やかだった場が、一瞬で静まり返る。

全員の目が扉に向いた。かくいう私も似たようなものだ。

王子の妃の座に興味はないが、どんな人なのか気になるくらいの気持ちはある。

皆と一緒になって固唾を呑んで扉が開くのを待った。

近衛兵がゆっくりと扉を開ける。

ひとりの男性――おそらくシリウス王子と思われる人物が広間に入ってきた。

彼は如何にも王子らしい豪奢な衣装に身を包んでいる。マントを羽織っていたが、彼はそれを外し、近くに控えていた女官長に預けた。

金髪碧眼の美しい男だ。

王子と呼ばれるに相応しい美貌に皆が一瞬で魅入られていたが、私は違う意味で彼の顔に見入ってしまった。

——えっ⁉

シリウス王子が、知っている男の顔をしていたのだ。

その男とは、最近私の悩みの種である『通りすがりの近衛兵』。

彼と瓜ふたつと言っていいほどそっくりな顔に、思わず叫び声をあげそうになった。

——え、え、え、嘘でしょう⁉

根性で悲鳴を呑み込み、王子の顔を凝視する。

間違いない。同じ顔だ。

とはいえ、さすがに同一人物だとは思わなかった。

だってまさか『通りすがりの近衛兵』とシリウス王子がイコールで繋がるはずがない。

あの男が自分の正体をあまり明かしたくなさそうだったところから考えても、双子の弟当たりが怪しそうだ。

隠された弟とか、そういう……。

そう思った次の瞬間、偶然こちらを見たシリウス王子とばっちり目が合った。

彼は大きく目を見開き、信じられないという顔をしている。その表情を見て悟った。

――あ、これ、本人だわ。

双子の弟とかではない。間違いなく本人。

だって彼は私から一向に目を逸らそうとしない。それどころかまるで獲物を見つけたかのような顔をした。美しい青色の瞳がギラリと輝く。

「ひっ……」

――これはまずい。

反射的に本能が逃亡を訴えた。私もそれに従い、逃げようと思ったが、今の状況で動けるはずもない。しかも何を思ったのか王子は、早歩きでこちらにやってくるのだ。

――いやあああ！　何で来るの‼

頼むから、来ないで欲しい。何なら今すぐUターンして帰ってはもらえまいか。

懇願虚しく、王子はあっという間に私の目の前にやってきた。そうして叫ぶ。

「誰が女官だって⁉　どうりでいくら探しても見つからないはずだ！」

どうして今、それを言うのか。

ギョッとした私は、反射的に叫び返した。

「ちょっと！　余計なことを言わないでよ！　それにそっちだって似たようなものじゃな

い！　……あ」

しまったと思い、慌てて口を噤むももう遅い。

でも、お互い様だと思うのだ。

私も女官だと偽っていたが、彼だって近衛兵だと嘘を吐いていたのだから。

それがまさかのこんな場所で対面することになるとは、誰が想像しただろう。

互いに顔を見合わせ、愕然とする。

私の態度に、セシリアが困惑しきった声で言った。

「あの……スノードロップ様？　もしかして殿下とお知り合いで……？」

「あ、いや、その……」

違うともそうとも言い切れなくて、言葉に詰まる。

いつの間にか、広間にいた皆が私たちに注目していた。もちろんそれはシャロンも例外ではない。

彼女はものすごい目で私を睨み——。

「わっ……!?　え、ちょっと……！」

「……君が見るのはこっち」

シャロンの方を見ていると、突然王子が私の手を掴み、立ち上がらせた。あっという間に抱き上げられる。

いわゆるお姫様抱っこのような体勢になったことに気づき、目を見開いた。

「え、え、え⁉　何⁉　何事⁉」

一体私に何が起こっているのだろう。皆、黙り込み私たちを凝視している。信じがたいという顔をしているが、一番混乱しているのは間違いなく私だ。

現状を理解できない私に、王子が短く問いかけてくる。

「――部屋は？」

王子を見る。彼は真顔でこちらを見ていた。

「あ、あの……」

「君の部屋は何処かって聞いてるんだけど」

「…………」

息を呑む。

逆らい難い雰囲気を感じ、震える指で上をさした。

「あ、あそこ……です」

「そう。分かった」

私を抱えたまま、王子が広間の出口に向かって歩き出す。予想しなかった出来事に、誰も何も言えず固まっていたが、ここで女官長が声をあげた。

「で、殿下！　う、宴は……⁉」

声が上ずっている。

王子は彼女に目を向けると、にこりと笑った。

「始めてくれて構わない。ただ、私は彼女と抜けるから。――別に構わないだろう？　彼女は私の妃候補。違うか？」

「ち、違いません……」

女官長が答える。理解が追いついていないという表情をしていた。

それ以上話すことはないとばかりに、王子は歩を進め、まだ開いたままだった扉を出て、二階へと向かった。

二階の空中廊下を進んでいく。抱き上げられたままの私は何も言えず、ただ階下を見た。

皆がこちらを見上げている。

今、何が起こっているのか、これから何が起こるのか、誰もが驚愕を顔に張りつけていた。

そんな中、部屋についた彼は、器用にも私を抱き上げたまま、扉を開けた。

「あ――」

躊躇せず、王子が部屋の中に足を踏み入れる。後ろで扉が閉まる音がした。

ガチャンというその音が、私にはいやに大きく聞こえた。

「……あれ？」

部屋にいるはずのミラの姿が見えないことに気がついた。多分だけど、上からこっそり様子を見ていたのだろう。そしてこちらに来ることを察知し、自室に逃げたのだ。

正しい判断である。私がミラでもそうすると思う。だって関わりたくないから。

でも。

――気持ちは分かるけど、助けてよ！

唯一の味方を失った気分だ。悄然としていると、王子が話しかけてきた。

「どうしたの？」

「な、何でもありません……」

まさかメイドに裏切られたとは言えないので、首を横に振る。彼は更に聞いてきた。

「寝室は？」

「……こ、この奥です、けど」

どうして寝室の場所を聞くのかと思ったが、今の王子に逆らえる自信はない。ここに来るまでの間、彼はずっと怖い顔をしていたから。

王子が寝室へ向かう。

寝室に入ると、王子は脇目も振らずベッドへ向かい、その上に私を下ろした。

どうしてベッドの上に下ろされたのか、現状を理解できない私の上に、王子が無言で覆い被さってくる。

そうして顔を近づけてきた。

一瞬、キスされるのかと焦ったが、そうではない。至近距離で目を合わせられただけだった。

こんな時なのに彼の青い瞳が綺麗だな、なんてどうでもいいことを考えてしまう。

王子が酷く苦い顔で言った。

「……押し倒されている状況で、余所事を考えてるなんて、ずいぶんと余裕だね」

「い、いや、余裕なんて」

あるわけがない。

ブンブンと勢いよく首を横に振る。疑わしげな顔で私を見ていた彼だが、やがて気を取り直したように口を開いた。

「――ふうん。でもまさか君が私の妃候補のひとりだとは考えもしなかったよ。あの場所にいたってことは、君は正妃候補ってことになると思うんだけど、間違ってる？」

「……いいえ、合っています」

今更、嘘を吐けないので、正直に答える。

私の答えを聞いた王子は、はあっと特大の溜息を吐いた。

「あ、あの……？」

「あのさ、ものすごく探したんだけど。あの約束した日以来、君が姿を見せなくなったから」

じとりと睨めつけられ、反射的に目を逸らした。

顔を掴まれ、強制的に王子の方を向かされる。痛くはないが強引だ。

「で、殿下？」

「今更、逃げようとしないで。誤魔化しもなしだ。正直に聞かせて。……君があの日以来、夜に来てくれなくなったのは、やっぱり自分の正体を教えたくなかったから？」

「……そう、です」

観念し、頷く。

「さすがに、後宮の妃候補だとは言えないと思って」

「ま、そうだろうね。気持ちは分かるし、私も似たような理由で名乗るのを躊躇したから人のことは言えないけど……何で妃候補、しかも正妃候補が真夜中に外をぶらついているかな。そんなこと普通するとは思わないから、後宮にいるなんて考えもしなかったよ」

「私もまさかあなたがシリウス殿下だとは思いもしませんでした」

でも彼が王子なら、自己紹介を求めた時に戸惑っていた理由も分かる。

彼は自分から名乗るような立場ではないからだ。

多分私から指摘されるまで、全く気づかなかったのだろう。あの時の困惑の理由を今更ながらに理解してしまった。

苦い気持ちになっていると、王子がじっと私を見つめながら言った。

「敬語は要らない。大体、今更だって思わない？」

「お、思いませんけど」

あれは互いの名前や立場を知らなかったからできた戯れだ。だが、王子は許さなかった。

「駄目。敬語は禁止。そもそも私は次に会った時、きちんと名乗ろうって考えていたんだよ。その上で君と対等に付き合いたいって、そう思ってた」

「いや、それは難しくありません？　女官が殿下に友達口調とか無理があるでしょう」

「別に構わなくない？　私がいいって言ってるんだから。——それと、敬語は要らないって言ったよ。何度も同じことを言わせないで」

「……分かったわよ」

拒否を許さないひんやりとした声で命じられ、私は押し倒された体勢のまま降参するように両手を挙げた。

王子がそれでいいのだとばかりににこりと笑う。

そうして身体を起こす。圧迫感がなくなりホッとしていると、彼は私の手を引っ張った。

結果ベッドの上で、王子と向かい合わせに座るという状態になった。

「えっと……」

王子はベッドから降りる素振りを見せない。窺うように彼を見ると、王子は笑顔で言ってのけた。

「それじゃあ約束通り、自己紹介をしようか」

「えっ……」

「ん？　約束しただろう。次に会ったらお互い自己紹介をしようって。まさか忘れたとか言わないよね？」

「お、覚えているけど」

目を瞬かせる。困惑する私を余所に、王子は以前躊躇いを見せていたのが嘘のようにすらすらと自己紹介を始めた。

「よかった。私は、シリウス・アウラウェイン。この国の王子だ。君は？」

「……スノードロップ・ラインベルト。ラインベルト公爵家の娘よ」

何故自己紹介とも、この場合私が先に名乗るべきなのにとも思ったが、疑問を全部呑み込み答える。

王子は「ラインベルト公爵家の娘か……」と呟いた。

「彼に君のような娘がいたなんて、全く知らなかった。仕事でも付き合いがある方なのに、後宮に娘が入ったことすら教えてくれないんだから酷い話だよ」

父は私を王家にやりたくなかったのだから、言わないのも当然だと思う。

特に聞かれていないのなら余計だ。

王子が不思議そうな顔をする。

「どうして彼は君のことを教えてくれなかったのかな」

「……殿下が」

「シリウス。呼び捨てで呼んでよ。君は——スノードロップなら、愛称はスノウ？　スノウって呼んでいい？」

「……どうぞ」

話の腰を思いきり折られた気持ちになりつつも頷く。彼がシリウス王子だと判明してからずっと振り回されっぱなしだ。溜息を吐き、彼に聞いた。

「じゃあ、話を続けていい？」

「いいよ」

「……ありがと。ええと、殿下……じゃなかったシリウスが後宮に通わない王子だってことは有名だもの」

殿下と言いかけたところで思いきり睨まれてしまったので、要求通り呼び捨てにすると、彼は満足そうに頷いた。

それを確認し、話を続ける。

「後宮ができてから一度も足を向けたことがないって聞いてる。その、女性に興味がないんでしょう？」

「ないってわけじゃないけどね。まあ、似たようなものかな」

「だから言わなかったのだと思うわ。通わないと分かっているのに、娘があなたの後宮に入りましたなんて言う親がいると思う？」

「……まあ、そうだね」

確かにと納得してくれた様子のシリウスに安堵しつつ、せっかくだからと、一緒に言うべきことを言っておいた。

「ええとね、そもそも私にも一年経ったら帰ってこいって話をしていたくらいなの。……その、女官と偽って彷徨《うろつ》いていたのは悪かったわ。反省しているし、あと五ヶ月ほど我慢してもらえれば私はいなくなるから、今回のことはそれで勘弁してくれると嬉しい」

「え……」

ポカンとした顔をしてシリウスが私を見つめてくる。

何かおかしなことを言っただろうか。首を傾げると、彼は確認するように聞いてきた。

「今、いなくなるって言った？」

「え、ええ。だって妃候補って一年通いがなければ、屋敷に帰れるんでしょう？　正妃候補も愛称候補も同じよね？」

「……それはそう、だけど」

何故か難しい顔をするシリウス。彼が何を考えているのか分からないと思いつつ、私は言った。

「私が後宮に来たのは、七ヶ月ほど前。だからあと五ヶ月経てば、ここから出られるって計算になるんだけど」

「……は？」

「シリウス？」

シリウスが黙り込む。その顔を見れば、何故かギュッと唇を引き結んでいた。

まるで何かに耐えるような表情だ。

何だろうと思っていると、その顔が今度は何か重大なことを決意したようなものへと変わった。

無言で己の服に手を掛ける。

「!?　ちょ、ちょっと!?」

何を考えているのか、彼は服を脱ぎ始めた。

まずは上衣を脱ぎ捨てる。次にベストのボタンを外し始めた。

ベストを放り投げ、クラヴァットに手を掛ける。

「待って、待って、待って!?」

何が起こっているのか理解が追いつかなかったせいで、止めるのが遅れてしまった。

慌てて彼を止めようとするも、シリウスはクラヴァットも外し、今度はシャツのボタンに手を掛けた。

一切迷いのない動きで、あっという間に上半身裸になってしまう。

まさかズボンまで脱ぐのではないかと警戒したが、幸いにも彼はそこで手を止めた。

じっと私を見つめる。

「な、何？　っていうか、どうして脱いだの⁉」

下まで脱がれなかったことにはホッとしたが、どうして彼がそんな行動を取ったのか疑問は残る。

男性の裸なんて生まれてこの方一度も見たことがなかったので軽いパニック状態に陥ってしまった。

意外と引きしまった上半身が嫌でも目に入り、ドキドキする。

私とは全く違う体つき。分厚い胸板や広い肩に、見ないようにしようと思っても、自然とそちらを見てしまう。

「シ、シリウス？」

「……これを見て、君はどう思う？」

「は……」

シリウスが無言で私に背を向ける。その左肩肩甲骨の辺りに、大きな痣があることに気がついた。

大きな星の形をした痣が肩甲骨の下あたりに。そして落ちていくような三つの線が肩から星の痣に掛けて入っている。

星と線。

ふたつ合わせると、まるで流れ星を示すような形をしていて、とても美しい。思わず感嘆の声をあげた。

「わ……すごい。流れ星みたい……綺麗……」

こんな綺麗な痣、初めて見た。

広い背中に星が降っている。あまりの美しさに息を呑み、思わず言ってしまった。

「ね、ねえ。ちょっと触ってもいい？」

現実のものとも思えない美しい痣に触れてみたい。そう思ったのだ。

とはいえ、それは失礼だったかもしれない。

だってそう言った時、彼は振り向き、泣きそうな顔をしたからだ。

「ご、ごめん。不躾なことを言ったわ」

慌てて謝る。彼は「違う」と言い、首を横に振った。

「え」

「違う。違うんだ。嫌だって意味じゃない。そうじゃなくて……でも、スノウはこれを綺麗だって言ってくれるんだね」

「綺麗以外何があるの？　こんなにはっきりした星の形、すごく美しいと思うけど……わっ」

何故か肩を掴まれ、ベッドに押し倒された。

意味が分からずシリウスを見上げる。

私を押し倒した彼は相も変わらず泣きそうな顔をしていて、文句を言おうとしていたのに、そんな気も失せてしまった。

「あの……」

「やっぱり君がいい」

「え――」

何が、まで言うことはできなかった。何故ならそう言おうとした私の唇はシリウスによって塞がれてしまったから。

「………」

シリウスの唇が私の唇に押しつけられている。

全く予想しなかった事態に、完全に思考が止まっていた。

――え、え、え?

温かい唇の感触。感じる自分のものではない吐息。

衝撃はゆるゆると遅れてやってくる。

今、自分が彼にキスされていることを理解し、目を大きく見開いた。

「……何で?」

唇を離され、まず出た言葉がそれだった。

驚愕する私にシリウスが静かに告げる。

「……理由が必要？　君は私の妃候補だろう？」

「そ、それはそうだけど……」

「私の後宮にいる、私の妃候補として来た女性。つまりこのまま抱いてしまっても構わないってこと。違う？」

「……違わ、ないわ、ね」

混乱しつつも頷く。

彼の後宮にいる、彼のために集められた女性。その女性を抱くことはシリウスにとって、最早義務と言っていいはずだ。

今まで全く果たしていなかったわけだけど。

そしてその気はなくとも、私が彼の妃候補として後宮に入っているのは事実なわけで。

彼に求められれば、断れない立ち位置にいることも確かだった。

「えっ……!?」

自分の置かれた状況に改めて気づく。

目を瞬かせた。

「あ、あの……！　シリウスは後宮の女に興味はないって……」

だから私を抱くなんてあるはずがない。

そう告げる私にシリウスが苦い顔をしながら言う。

「興味がなかったのは事実だけど、それがスノウなら話は別だ。私はスノウを逃がしたくない。一年でお別れなんてそんなこと絶対にさせたくないんだ。だから――」

「シリウス、シリウス。待って」

せめて心の整理をつける時間が欲しい。そう言おうとしたが、彼の強い眼差《まなざ》しに胸を貫かれ、言葉を呑み込んだ。

彼の目は私を逃がさないと訴えていて、その煌めきの美しさに、こんな時にもかかわらず見惚れてしまった。

「あ――」

「君を抱くよ、スノウ。私のものになって」

シリウスが私に覆い被さり、唇を寄せてくる。

嫌だとは思わない。

シリウスは私の知っている人で、それなりに好感を抱いてもいたから。

触れてくる手も心地いいと思える。熱い息と、私のものではない身体を不快だとは感じない。

だけどどうしてこんなことになったのか。

ただ、一年間後宮にいるだけのはずだったのに、何故、シリウスはこんなにも必死に私を手に入れようとしているのか。

でも、その藻掻くような、どこか泣きそうな眼差しを見ていると、どうしても抵抗しようという気にはならなかった。
だから。
――ま、いいか。
帰ってこいと言ってくれた父には悪いけれど。
ここにこんなにも私を求めている人がいて、それを嫌だとは思わないから。
身体から力を抜く。
覚悟なんて意外と簡単に決まるものだなあ、なんて心のどこかで思った。
「いいよ」
シリウスに告げる。彼がハッとしたように私を見た。
それに頷き、彼の背を抱きしめる。
これは合意による行為で、一方的なものではないのだと示したかった。
夜は更け、寝室には甘くも濃厚な熱が立ちこめる。
身も心も蕩けるような愛撫に翻弄されながら、私は彼の熱を受け入れた。

幕間　シリウス、唯一を見つける（シリウス視点）

私の左肩から肩甲骨にある、流れ星のように見える痣。

それは私が生まれた時からあった。

この国、いや、私が生きるこの世界では、流れ星というのは不吉の象徴として知られている。

忌むべき形。

私の痣を見た者は、皆一様に顔を歪め、不吉だと告げる。

例外は両親だけ。

父と母は、それもお前の個性だと、たかが痣だから気にするなと言ってくれた。

痣があったところで、私の何が変わるわけではないと本気で告げてくれたが、それで周囲の反応が変わるわけではない。

アウラウェイン王国の唯一の王子として生まれた私には、当然世話をする女官がついたが、彼女たちは私の背中を見るたびに気味悪がったし、中には心ない言葉を投げつけてくる者もいた。

『呪われた王子』

『忌み子』

『不吉の象徴』

『不吉の子が国王になれば、国は呪われるのではないか』

例を挙げればキリがない。

当時、まだ幼かった私に遠慮なくぶつけられた悪意のかたまりとしか思えない言葉たち。それらは確実に私を精神的に追い込んだ。

酷い言葉を吐いた発言者は、両親によって職を追われ、それなりに罰せられたようだが、詳しくは知らない。

知りたくもなかったからだ。

ただ、すっかり心を閉ざした私は他人に肌を晒《さら》すことをやめ、自分のことは自分でするようになった。

上辺だけで人付き合いをすることを覚え、決して心の奥底まで近づけさせなかった。

どうしても必要な時以外は、人に姿を見せなくなった。完全に人嫌いを発症させている自覚はあった。

大人になった今、私の背中の秘密を知るのは、私と両親の三人だけだ。

女官長はもちろん、側近であり友人とも思っているリゲルでさえ、私の秘密を知らない。

幼い頃の傷は癒えることなく今もあり、相変わらず血を流し続けている。

肌を見せたくないという思いから、普段から服を何枚も着込む癖ができた。

そうすると安心するのだ。

一番嫌なのは入浴の時間。

自室の奥に作らせた専用の浴室で、できるだけ背中を気にしないようにしながら湯浴みを済ませる。絶対に素肌を見せたくないので、浴室には鍵を付けてある。そうしなければ、不安で入浴すらままならない。

私にとって最悪なことに、背中の痣は大人になって更に鮮明になった。

子供の頃はまだぼんやりとした形だったのに、よりくっきりと流れ星の形を取るようになったのだ。

背中にある星の形をした痣。そして肩甲骨の上辺りから伸びる三本の線。

誰がどう見たって流れ星にしか見えないだろう。

幼い頃は大丈夫だと受け入れてくれた両親だって、これを見ればきっと平静ではいられないはず。

もしかしたら王太子として相応しくないと言われるかもしれない。いや、それはないか。

父には多くの愛妾がいるが、その子供は全員女性で、私の他に男はひとりもいない。

父の年を考えても、今からもうひとりというのは難しいから、やはり私が王位を継ぐことになるのだろう。

私としては、いっそ廃嫡でも構わないと思うのだけれど。

だって国王となるのなら、当然子を設けることを求められる。

私にも十五の年に後宮が与えられた。

妃候補となる選りすぐりの女性たちも、だ。

だが私は一度も後宮に足を向けなかった。

当たり前だろう。

肌を晒す行為などできるわけがない。

服を着たまま行えばいいと考えたこともあったが、行為の最中、万が一にも痣を見られたらと思うだけで、その気も失せる。

常に己の背中を気にしつつ、性行為ができるはずもないだろう。

後宮に集められた妃候補の女性たちだって、痣を見れば、妃になりたいなんて口が裂けても言わないはずだ。

絶対に不気味がられるか、下手をすれば叫ばれかねない。そして、次の日には全ての妃候補に知れ渡っているのだ。結末など簡単に予測できる。

子供の頃の、まだぼんやりとした形だった痣しか知らないから、父は気楽に考えている。

隠そうと思えば隠せる。暗闇の中で行う行為だ。誤魔化そうと思えば誤魔化せると信じている。

私の痣はそんな生易しいものではないのに。

見られたら終わりなのだ。

だから父にいくら口うるさく言われても、後宮には通わなかった。


そんな折りだった。彼女と出会ったのは。

◇◇◇

彼女——スノウと出会ったのは、父にもう何度目かの『後宮へ行け』と説教を受けた夜のことだった。

こちらの気も知らず、勝手なことを言う。

父のことは尊敬しているし、幼い自分に味方をしてくれたこともあって信頼もしているが、この話題についてだけは受け入れられない。

私だってできるものなら、父の期待に応えたい。

正妃を娶り、後継となる子を作りたい。だけど、人にはできることとできないことがあって、これは私にとって、できない部類に入るものなのだ。

悲しい気持ちと腹立たしい気持ちとがグルグルと渦巻き、夜になっても眠れない。

だから散歩に出ることにしたのだ。

一応、王子がひとりでフラフラと夜の散歩に出るのはまずいという認識はあったので、近衛兵の格好をして出掛けたが、案外バレないものだ。

途中、何人かの近衛兵と擦れ違ったが、特に何も言われることはなく、無事に本館から出ることができた。

そうして向かったのは、裏庭。

裏庭は普通の庭と違って草花が少なく、背の高い木々が多く植えてある森のような場所。

昼間でもあまり人が近づかないところなので、夜なら間違いなく誰もいないだろうと思い、そちらへ向かったのだけれど。

「…………」

何故か庭の真ん中で、目の前で女官と思われる女性が大の字になって寝転がっていた。

一応、芝の上に敷布を敷いてはいるようだが、それでもあり得ない光景だ。

今、自分が目の当たりにしているものが信じられなくて、思わず声を掛けてしまった。

「……こんなところで何をしている」

「……ん？」

邪魔をするなと言わんばかりの声で身体を起こした女性は、綺麗な長い銀髪をしていた。

まっすぐな髪を頭の高いところでひとつに結っている。

大きな紫色の瞳が、私を映した。可愛いというより綺麗系の女性。

素直に美しい人だと思ったが、それだけだ。

彼女は淡々とした様子で頭を下げた。

「お仕事の邪魔をしてしまい、申し訳ありません。休憩をいただいたので、ここで月や星を眺めていたのです」

星――。

流れ星を連想させる、私が大嫌いなものだ。

思わず言葉がきつくなる。

「月や星を見ていた、だと？　ずいぶんと酔狂だな。所属は？　どこの者だ」

問い詰める。意外なことに彼女は強気に言い返してきた。

「……ぶ、無粋ね。休憩中だって言ったでしょ。仕事の話はしたくないわ。そういうあなたこそどこの誰よ。私、あなたの顔を見たことがないんだけど」

「っ……！」

じっと見つめられ、視線を逸らした。

幸いにも、彼女は私が王子だと気づいていない。あまり人前に出ないようにしているからそれも当然なのだけれど、わざわざ己の身分を明かしたいとは思わなかった。

――別にいいだろう。近衛兵のひとりで。

王子だと告げる必要はない。

だけどどこの誰かと具体的に聞かれると、咄嗟には答えられない。

気まずいと思いつつも詮索するなと告げると、彼女は納得いかないという顔をしつつも、それ以上の追及はやめてくれた。

「何だ。てっきり警備の巡回に来たのかと思ったのに。……え、でもこんなところに休憩に来たの？」

「……仕事で少し嫌なことがあって。誰もいないところへ行きたかったんだ」

「酔狂なのはお互い様じゃない」

「……確かにそうだな」

本当にその通りだ。人のことは言えない。

しかし――と彼女を見つめる。

どうやら彼女は訳ありのようだ。私のことについて追及しなかったのは、自分も身元を探られたくなかったからだろう。

ホッとしたという雰囲気がありありと伝わってくる。

――気にならないわけではないけど。

「君のことは気になるけど、立ち入られたくないのはお互い様だからやめておくことにするよ」

そう言うと、彼女からはこんな返答があった。

「私もあなたの事情は気になるけど、聞かない。通りすがりの近衛兵と思っておくことにするわ」

「なら、君は酔狂な女官ということだ」

通りすがりの近衛兵と酔狂な女官。まあ、妥当なところではないだろうか。

王子としてではなく近衛兵として話すのは気が楽だ。だからか、必要もないのに会話を続けてしまう。

何となく気になり、今まで何をしていたのかと尋ねると、彼女からは月見をしていたという答えが返ってきた。

知らない言葉だ。彼女曰く、月を愛でるという意味らしいが、それこそ酔狂の極みだと思った。

彼女が気軽に声を掛けてくる。

「そういえばあなた、嫌なことがあったんでしょ？　それなら一緒にどう？　寝転がって夜空を見上げていれば、自分の抱えている悩みなんて些細なものだって思えるわよ」

――一緒に、夜空を眺める⁉

この、どうしようもなく星を厭う私に、一緒に天体観測をしろと言うのか。

事情を知らないから言える言葉に一瞬、怒りが込み上げそうになったが堪える。

落ち着け。

彼女にとって私は『通りすがりの近衛兵』であり、『不吉の象徴を持つ王子』ではないのだ。

純粋な厚意による誘いに対し、怒りを露わにするのは間違っている。

だから丁重に断った。

「君の楽しみを奪う気はない。それに私は星が――。いや、これは君には関係ないことだった。忘れて欲しい」

星が嫌いだなんて余計なこと、今日初めて会っただけの女性に告げるべきではない。

彼女に別れを告げ、その場を離れる。

ひとりになりたくて裏庭まで来たが、まさかこんなところで天体観測をしている女性に会うことになろうとは思わなかった。

でも、悪くなかった。

こちらを近衛兵と思っているからだろうが、気安い態度は好ましかったし、自分でも驚いたのだけれど彼女との会話はそれなりに楽しかった。

とはいえ、もう会うこともないだろうけど。

通りすがりの近衛兵は仮の姿で、本当の私ではない。

だけど、二度目の出会いはわりとあっさりやってきた。

◇◇◇

その日は唐突に訪れた。王城に仕える占星術師が告げたのだ。

『明日の夜、流れ星が落ちる』と。

流れ星。

この世界においての不吉の象徴で、忌々しくも私の背にあるものだ。

流れ星は、年に何度か落ちるのだけれど、大抵は事前に占星術師がその落下を予知してくれる。

そして流れ星が落ちる日は、皆、屋内に籠もり、神に祈りを捧げるのだ。

どうか、不吉なことが起こりませんように、と。

だけど皆が必死に祈れば祈るほど、その姿は私には滑稽に映った。

——ならば、その不吉を己の身に刻んでいる私は何だと言うのか。

流れ星の落ちる日は、いつもやりきれない気持ちになる。

当たり前だが皆と一緒に籠もる気にもなれなくて、誰にも見咎められないのをいいことに、ふらりと外に出るのが常だった。

自棄を起こしているのは自覚していたが、どうせ私は不吉と共にある男なのだ。

今更不吉が重なったところでどうということもないだろう。

流れ星が落ちきるまで、ひとり王城の庭をさまよう。

それがここ数年の私のスタンスで、流れ星の予告があった当日、私はいつも通り、誰もいない場所をひとりで歩いていた。

一応、近衛兵の格好はしているが、今まで誰にも会ったことがないので意味はないかもしれない。

だけどさすがに素のままで歩く気にはなれなかったのだ。

夜の庭をゆっくりと歩く。

どこへ向かおうか考え、一番近くにある中庭へ行こうと決めた。

だが、そこで信じられないものを見た。

私の目の前にいるのはベンチに座り、楽しげに夜空を見上げるひとりの女性。いや、三ヶ月ほど前に会った、天体観測をしていた女官だった。

印象的な銀色の髪を見間違えることはない。だからか、そんな気はなかったのに、つい、話しかけてしまった。

「……また君か」

「えっ……!?」

驚いたようにこちらを見てくる女官は、間違いなく、以前会った女性だった。

まさかこんな日に誰かと会うなんて思いもしなかったから本気で驚いたし、もうすぐ流れ星が落ちるのだ。さっさと逃げるように告げたのだけれど。

「忠告ありがとう。でも必要ないから」

まさかのそんな言葉を返されてしまった。

女官を凝視する。彼女は肩を竦めて言った。

「必要ない。つまり逃げないって言ったの。私、天体観測が趣味だから、今日の流れ星は絶対に見たいのよね。だから隠れるつもりはないわ。私のことは放っておいて。あなたこそさっさと隠れなさいよ」

流れ星を見たいなんて酔狂すぎる台詞に、一瞬、今の状況を理解していないのかと思ってしまった。だけど、彼女は私に隠れろと言っている。つまり、流れ星が何なのかを理解しての言葉だと分かり、心底驚いた。

そして彼女は更に驚かせるようなことを言ったのだ。

「あのね、信じるか信じないかは知らないけど、一応言っておくわね。流れ星が不吉だなんて、あれ、迷信。むしろ幸運を呼び込むって方が私には馴染み深いわ」

「……え」

「流れ星が落ちきる前に、三回願い事を唱えることができたら、その願いは叶う。――こんな言い伝えがあること、あなたは知らない？」

流れ星が幸運を呼び込むなんて話、知るはずがない。

これでも天体についての知識は、かなりある方なのだ。

こんな痣を持ってしまったからこそ、違う見方はないのか。不吉以外の何かがないかと、幼い頃からずっと調べ続けてきたから。

その、私が誰かに言って欲しかった『別の答え』をあっさりと言った彼女をまじまじと見つめた。

「私が今言った話は嘘じゃないわ。全部本当のこと。不吉だって考える人たちもそりゃあいるけどね。同じものを見て、幸運を呼び込むもの。願いを叶えるものと喜ぶ人だっているの。そして私はそちら側の人間で、だから流れ星は怖くないし、むしろ楽しんじゃおうって考えてるってわけ」

そう言って笑う彼女は酷く美しかった。

本気で信じていることが伝わってくる。流れ星は幸運を呼び込むのだと、心から言っている。

「ものの見方はひとつではないわ。そして何を信じるかもその人次第。ね、だから私は逃げなくても大丈夫。楽しく願い事を唱えようって考えているくらいなんだから」

気楽に告げる彼女をただ見つめることしかできない。

その場から全く動けなくなってしまった私に、彼女は仕方なさそうに己の隣に座るよう告げた。

のろのろと言われた場所に座る。

まだ、まともに頭が働いていなかった。

今まで彼女のようにこんなに楽しげに流れ星のことを語った者が、ひとりでもいただろうか。

幸運を呼び込むものだと、笑顔で告げられる者が果たして、私の知る世界にいただろうか。

ただ呆然としていると、彼女が突然空を指さした。

「あ、流れ星‼」

そうして、流れ星を見つめながら怒涛の如く言った。

「幸せになれますように、幸せになれますように、幸せに……って、ほら、あなたも早く願い事を言って‼」

唖然としている私の肩を彼女が揺さぶる。

確かに先ほど三回願い事を言えれば願いが叶う、などと言っていたが、誰が本気でやると思うだろう。

だが彼女は真剣に『幸せになれますように』と早口で呟いている。

その姿のどこにも、流れ星を厭う様子は見えなくて――何故だろう。妙に泣きたい気持ちになってしまった。

――ああ、綺麗だ。

流れ星を見つめる彼女の紫色の瞳が美しく煌めいている。その様に、ただただ私は見惚れていた。

彼女が頭を抱える。

「ああああーっ！　惜しい‼　ね、あなたはちゃんと願い事を言えた⁉」

「い、いや……」

彼女を見ているだけで精一杯で、他に何かできる余裕などなかった。

だが彼女はひとりで納得したような顔をしている。

「あなたも間に合わなかったか。あ、でももう一回来る！　ほら、早く‼」

「えっ……」

――二回目⁉

空を見上げれば、不吉の象徴が再度流れていく。それに向かって彼女はもう一度、全力で願い事を叫んでいた。

「幸せになれますように、幸せになれますように、幸せになれますように。……よっしゃ！言い切ったっ！」

やったと言わんばかりに喜ぶ彼女をただただ見つめる。

誰も彼も顔を歪めるのが当たり前の流れ星。それを見て本気で喜ぶ彼女の姿は、私の心の奥底に強烈に焼き付いた。

不吉の流星。私の身に刻まれた呪いの証。

心臓が痛いくらいに脈打っていた。

初めて出会った、流れ星を不吉だと言わない、むしろ幸運なのだと言ってのけられる人。

最初に会った時に綺麗な人だと思ったけれど、今の私には誰よりも美しい女性に見えていた。

そんな彼女が私に笑顔を向けてくる。

「ね、今度はちゃんと願い事を言えた？」

「そ、そう、だな」

「よかった！　叶うといいわね！」

つい頷いてしまっただけだったが、彼女は嬉しげに言ってくれた。その笑顔に惹きつけられる。

彼女がベンチから立ち上がり、私に告げる。

「じゃ、元気で」

軽く告げ、去って行く彼女を追うこともできず、見送る。

彼女の姿が完全に見えなくなってから、私はベンチの背もたれにもたれ掛かり、大きく息を吐いた。

「……叶うといいわね、か」

私の願いを肯定してくれた彼女を思い出す。

自覚なんてすでにしていた。

流れ星を、幸運を呼び込むものだと言い切った彼女。

落ちていく星を煌めく瞳で見つめていたあの女官に、私は恋をしてしまったのだ。

だって先ほどからずっと胸が苦しい。

動悸は激しく、収まらない。

彼女を思い出せば、心も身体も熱くなる。

私がずっと欲しかったのは、私を知っても厭わない人だ。

男性でも女性でもよかった。

ただ、私という人間をまるごと知って、それでも認めてくれる人が欲しかったのだ。

そんな人、この世界には何処にもいないと思っていたけれど、もしかしたら彼女なら私を知っても受け入れてくれるのではないだろうか。

「いや、そんな都合のいいこと起こるわけない、か」

言いながらも、彼女のあの煌めく瞳を思い出せば、どうしたって期待してしまう。

彼女が欲しい。

どうしようもなく、あの綺麗な銀色の髪をした女官が欲しかった。

自覚したばかりの思いだというのに、彼女の全部が欲しくて仕方ない。あの瞳で私を見て欲しい。

生まれて初めての欲求に戸惑いはあるが、躊躇いはなかった。

「絶対に手に入れる」

彼女以外なんて要らない。

今もし、流れ星が落ちるのだとしたら、願うことなんてたったひとつしかなかった。

◇◇◇

女官への恋を自覚した私は、その日から毎晩、外へと出掛けた。

まずは彼女との距離を詰めなければ話にならない。そう思ったからだ。

いきなり好きだと言ったところで、今の関係性では笑い飛ばされて終わりだろう。

彼女が私に恋をしていないことは話していれば分かることで、まずは親しくなるのだと頑張った。

あとは昼だ。

昼間は昼間で、彼女を探して歩き回った。

彼女は王城の女官だ。つまり昼間はどこかで働いているということ。

どこで働いている女官なのか、何だったら私の側に付けてくれないかと交渉したいと思ったが、いくら探しても見つからない。

「どうして見つからないんだ……」

王城では多くの女官が働いている。その中のひとりを見つけるのは大変だとは思うが、それでもこれだけ探していれば見つかるものではないのか。

目当ての人が見つからないことに溜息を吐きつつ、今日は図書室へ向かおうと決める。そこで財務大臣と出くわした。

財務大臣。

王城の財、全てを管理する重要な職だ。十年ほど前からラインベルト公爵が務めている。

彼はとっつきにくいところはあるが、信頼できる人物で、父も信を置いていた。

「……ラインベルト公爵」

声を掛けると、彼は小さく会釈した。

「これは、殿下。こんなところでどうなさいましたか」

「いや、ちょっと図書室へ行こうかと思って」

「図書室、ですか」

一瞬だが、ラインベルト公爵が顔を歪めたように見えた。

彼のそんな顔は見たことがないので、思わず口を開く。

「？　何か都合でも悪いのか？」

「いえ、そのようなことは何も。ただ、思い出しただけです。殿下にお話ししておかなければいけないことがあったな、と。お急ぎでないのなら、お時間少しいただけますか？」

「それは構わないが……」

どうしても今すぐ行かなければならないわけではないし、財務大臣の話より優先させねばならない用事でもなかったので頷いた。

何故か彼はホッとしたような顔をする。

「それでは、こちらへどうぞ。立ち話で済ませるわけにもいきませんから」

「……分かった」

不思議に思いつつも、公爵の言う通りにする。

結局、図書室へ行けたのは、それから三時間以上も経ったあとだった。

◇◇◇

彼女に、名前を聞いたら逃げられた。


情けない話だが、今の私の状況を説明するのなら、こんな感じだろう。

先日、ついに私は彼女に聞いたのだ。

彼女の名前とその所属を。

だって、いくら昼間に探しても見つからないのだ。

いい加減、彼女の名前を知りたくて限界だったし、知り合って時間も経つ。

聞いても失礼ではないだろうと思ったのだ。

それに対する彼女の答えは『次に会ったら』というもの。

名乗っていないのはこちらも同じだ。

ずっと近衛兵として接してきたのに実は王子だと告げるのは勇気がいるが、どこかで正体を告げなければ、この先の関係に進むことは望めない。

次に会う時までに私も覚悟を決めておこう。そう思い、その日は彼女と別れたのだけれど。

「会えない。全然会えない」

毎晩、全ての庭を探しているのに、全然彼女と会えないのだ。

三日が経ち、一週間が経ち、そして二週間。

それだけ経てばいい加減気がつく。

私は彼女に逃げられたのだ。

余程、自分のことを話したくなかったのか、いくら探せども影も形も見当たらない。

とはいえ、こちらも「じゃあ、さようなら」なんて言いたくない。

何せ私は彼女に惚れているのだ。

しかも、生まれて初めて好きになった人。更には、今後彼女以外に好きな人なんてできないだろうと言い切れるくらいにはすっかり惚れ込んでいたから、諦めるなんて選択肢は最初からなかった。

それに、彼女といると自然体でいられるから。

私も気づいたのは最近の話なのだけれど、彼女といると、不思議なくらいにリラックスできる。私は私のまま、一切無理をせず、過ごすことができるのだ。

側に居ると、息がしやすい。

そんな女性、一度見つけておいて、手放せるはずがない。

更には彼女と天体の話をするのも楽しかったから。

今まで、痣の由来を覆せるものを見つけたいだけの一心で調べていた、好きでも何でもなかった……むしろ嫌いだった天体。

それが彼女と一緒に話せる材料となっただけで、途端に素晴らしいものに思えてくる。

勉強していてよかったと本気で思える。

彼女も相当天体について詳しく、一緒に話せば盛り上がる。笑ってくれる彼女は可愛く、キスしたいと思ったことが一体何度あったことか。

とにかく、彼女を諦める理由がどこにもなかった。むしろ手放せない理由しかないくらいだ。

夜に会えないので、昼の捜索もより力を入れる。

擦れ違う女官、全員の顔を見て回ったが、どこにも彼女はいない。

どうすればいいのか。

どこに彼女はいるのか。

会えない日々が続く。より一層彼女への気持ちは膨れ上がり、早く会いたい。会えたら二度と離さない。何だったら結婚して欲しいとまで思い詰める始末。

女官なら、父親の爵位はそう高くはないだろう。

本音を言えば正妃にしたいが、愛妾で我慢するしかないのか。

いや、それにはまず彼女を抱かなければならないのだが、私は彼女を抱けるのか。

……大丈夫。彼女ならきっと私の痣を見ても嫌な顔なんてしないはず。それなら——なんて妄想まで始め、ハッと我に返った時には、己がどれほど追い詰められているのか自覚し、情けなすぎて溜息を吐くしかなかった。

「一体、どこにいるんだ……」

探しても探しても、見つからない。

こんなことなら、名前を教えて欲しいなんて言うんじゃなかった。

そうすれば今も彼女は、私と一緒に星を眺めてくれていたかもしれなかったのに——。

焦りだけが募る。そんなある日、私は父に呼び出された。

執務室へ行く。開口一番父が言った。

「シリウス。いい加減、後宮へ行け」

「………………」

今、一番されたくない話に自然と眉が中央に寄る。

「来週、お前の後宮で宴を開く。妃候補全員が出席する宴だ。もちろんお前も例外ではない。シリウス、いい加減覚悟を決めろ」

「……父上は私の事情をご存じだと思いますが」

喉の奥から声を絞り出す。父も複雑そうな顔をした。

「……分かっている。だから今日まで無理強いはしなかった。だが、このままではお前は永遠に後宮に通おうとはしないだろう。それでは困るのだ。お前は世継ぎの王子なのだぞ」

「…………」

父の言い分は理解できる。でも――。

「通う、通わないは、後回しでもいい。とにかく宴に出てくれれば、これ以上は言わない。宴に出て、お前の妃候補の顔を見ろ。会わなければ何も始まらないのだ」

本当にそうだろうか。

会ったところで、何も始まらないことは確定しているとは思わないのだろうか。

私は誰にも肌を晒したくないのだ。唯一例外だと思えるのが、今、私が必死に探している彼女。

彼女になら、見せてみてもいい。だけど彼女以外は駄目だ。

あの、流れていく星を心底楽しそうに見つめることのできる彼女以外に、私の秘密を見せてもいいとは思えない。

「……とにかくこれは命令だ。宴には出席しろ。……あとのことはお前に任せるから」

父の精一杯の譲歩を聞けば、これ以上嫌だとも言えない。

「……分かりました」

了承の言葉を告げる。

腹の中に重たい石でも詰められたかのような、そんな気持ちになった。

◇◇◇

いくら気が重くとも、日は進む。

あっという間に宴の日となった。

宴は夕刻から。

今日の執務が終わったあと、後宮へ向かうことになっている。

「……行きたくない」

執務室で仕事をしながら呟く。新たな書類を持ってきていた側近のリゲルが、呆れたように言った。

「休むことは許されないと聞いていますが」

「父上と約束したし、出席はする。だが、憂鬱になるくらいは許してくれないか。本当に行きたくないんだ」

「……妃を選べと言われなかっただけマシだと思いますけどね」

「無駄になると分かっている時間を過ごしたくない。お前だって分かるだろう」

「さあ、俺には分かりかねます」

嘯くリゲルを軽く睨む。

リゲルはレーマン侯爵家の嫡男で、側近として七年ほど前から仕えてくれている。

浮いた噂のない、職務に忠実かつ気のいい男だ。

私の背中の痣のことは知らないが、それでも後宮に行きたくないという私の意思を尊重してくれる。私にとっては得難い友人でもあった。

リゲル相手なら、気負うことなく話せる。

だが、そのリゲルにも彼女のことは言っていなかった。

彼女のことを話して協力してもらいたい気持ちはあったが、そのためには色々と話さなければならなくなる。

流れ星が落ちた日に外に出ていたというのは絶対に言えないし、その理由は輪を掛けて話せない。

近衛兵の格好をして毎晩のように外を彷徨いていることだって、口にできるはずがなかった。

私も、人に言えないことをしているという自覚はあるのだ。

「……そういえば、先日、俺の幼馴染みがあなたの後宮へ入ったようです」

「そうなのか？」

珍しい。

あまり私生活について話さないリゲルが、幼馴染みの話をしてくるとは。

しかも後宮へ入ったということは、その相手は女性。

口振りからもそれなりに親しいのかもしれないと思った。とはいえ、興味はないが。

「ふうん」

「ふふ。興味なさげですね。でも、彼女もあなたの妃になる気はないようでしたよ」

何故か、少し嬉しそうな顔をするリゲル。

あまり見ない表情だなと思いながら口を開いた。

「有り難い話だ。皆がそう思ってくれれば、今日の宴もそこまで憂鬱にならずに済むのだけどな」

宴に出席するのが嫌な理由の半分以上が、後宮の妃候補たちに纏わり付かれると予想できるからに他ならない。

彼女たちは私の妃になるべく集められている。だからその行動は当然なのかもしれないけれど、その気がないのに擦り寄られるのは、精神が消耗するだけだ。

皆、リゲルの幼馴染みを見習って欲しい。

リゲルが柱時計を見ながら言った。

「殿下、そろそろ後宮へ向かう準備をされた方が宜しいのでは？」

どうやら話しているうちに、宴の時間が近づいてきたようだ。

億劫になりながらも、座っていた椅子から立ち上がる。掛けてあった上着を取り、リゲルに言った。

「とにかく出席さえすればいいわけなのだから、顔だけ見せたらさっさと帰ってくる」

「はい」

「お前も今日は適当に上がっていい。……そうだな。明日は、疲労困憊間違いなしな私を慰めてくれると嬉しい」

溜息を吐く。

気は向かないが、約束した限りは行かねばならない。

私は足取りも重く、執務室から外に出た。

◇◇◇

「殿下、お待ちしておりました」

初めて訪れた後宮。その入り口で待っていたのは、女官長だった。

女官全員を束ねている女官長は、後宮も管理している。

彼女は上機嫌な様子で、私が後宮に来たことがよほど嬉しいようだった。

——そうだ。

ふと、気がついた。

女官長なら、彼女を知っているかもしれない、と。だって女官長の立場なら、全員と面識くらいはあるだろう。

これまでいくら探しても何の成果も得られなかった彼女のことを、どうにかそのヒントだけでも掴みたい。

来たくもない宴にまで来たのだ。それくらいの褒美があっても許されるだろうと思った私は思いきって女官長に聞いてみた。

「その……だな。ひとり、探している女官がいるのだけど」

「？　はい。どのような娘でしょう」

前を歩いていた女官長が振り返る。彼女のことを思い出しながら言った。

「紫色の瞳、銀色のストレートヘア。身長はそれなりに高く、細身。容姿は綺麗系。おそらくは、貴族階級の娘だと思う」

彼女の発音は貴族特有のものだったし、立ち居振る舞いは美しかった。

間違いなく、一定水準以上の教育を受けている。

王城の女官には、貴族階級の娘も多くいるので、彼女もそのひとりではないかと思ったのだ。

「……紫色の目に銀のストレートヘア、ですか。そんな目立つ容姿の娘なら覚えていると思いますが……申し訳ありません。記憶にございません」

「……そうか」

女官長なら彼女を知っているかと期待しただけに、ガッカリした。

本当に彼女はどこの誰なのだろう。

女官長が知らないとなると、女官というのがそもそも嘘なのかもしれない。だが、そうなるとより捜索は困難になる。今以上にヒントがなくなるということなのだから。

「参ったな……」

思わず溜息を吐くと、女官長が「そういえば」と言った。

「ひとり、殿下のおっしゃる容姿に当てはまる方がいらっしゃいますね」

「え……」

目を見開く。女官長の言葉の続きを待ったが、言われた言葉を聞いて、肩を落とした。

「殿下の妃候補のおひとりですよ」

「……何だ」

それなら、間違いなく彼女ではないだろう。

だって妃候補になるような女性が、夜中に天体観測に現れるわけがない。

そもそも夜に抜け出そうと思ったら、後宮に詰めている兵の目を掻い潜らなければならないのだ。

どう考えても不可能。彼女ではない。

「殿下。こちらでお待ちを」

がっかりしている内に、宴をする広間へ着いたようだ。中は賑わっているようで、扉の外にいても、その様子が伝わってくる。

先に女官長が中に入る。少しして、私の入場を告げる女官長の声が中から聞こえた。扉が開く。

——さて、億劫だが仕方ない。三十分ほど我慢すれば帰っても許されるだろう。

これも義務のひとつと諦め、歩を進める。控えていた女官長にマントを預けた。

大きな広間には、二十人ほどの女性たちがいる。

壁際に並んでいるのは愛妾候補だろう。正妃候補はふたりだと聞いている。

一番奥。皆がいる場所より一段上には私の席が用意されていて、その両隣にふたりの女性が座っていた。

位置的にも彼女たちが正妃候補だなと思いながら、一応ふたりに目を向けた。

ひとりは派手な顔立ちをした美女。もうひとりは——と、反対側に座っていた女性の方を見る。

目が合った。

——え。

愕然とした顔をしてこちらを見ている女性。

銀色の髪に綺麗な紫色の瞳。高位令嬢の娘らしく豪奢なドレスに身を包んだ彼女を、私はよく知っていた。

「は？」

間違いない。私が探していた『彼女』だ。

彼女は私に気づかれたことを悟ったのか、オロオロとし始めている。もうその態度からしても、間違いなく私が探していた当人だった。

——嘘だろう？

ずっと探していた人。私が欲しい欲しいと願っていた人。

その人が、まさか私の後宮にいたなんて。

しかも私の正妃候補としてその身を置いていたなんて、考えもしなかった。

今、私の身を包んでいるのは、どうしようもないほどの歓喜の感情だ。

だって、彼女は私の妃候補。つまり、労せずして私のものにできるのだ。

あわあわとしている彼女の側へ早足で向かう。

久しぶりに会った彼女は女官の振りをしていた時とは全く違った。まさに高位の令嬢というに相応しい姿を見て、なるほど私の正妃候補として来たのだと納得することができた。

もう絶対に逃がしたくなくて、彼女を抱き上げる。

彼女も驚いていたが、皆も私たちを驚愕の目で見ていた。

女官長も慌てた様子で声を掛けてきたが、今はとにかく邪魔をしないで欲しかった。

一刻も早く、ふたりきりになりたくて、急ぎ足で彼女の部屋へと向かう。

奥にある寝室。

ベッドの上で、彼女と話す。

前に会った時に約束した通りに自己紹介をすると、彼女も諦めたように名乗った。

ずっと知りたかった彼女の名前は、スノードロップ・ラインベルト。

ラインベルト公爵家の娘。

ラインベルト公爵とはよく話もしていたのに、娘のことなんて全然知らなかった。

教えてくれればよかったのにと思うが、過ぎたこと。

こうして彼女——スノウを知れたのだからいい。

私の正妃候補として来ているスノウ。

欲しいと願った人が、願える位置にいることがこんなにも嬉しい。

だけど彼女は、私の気持ちなど知ったことではないとばかりに、あと、五ヶ月すれば帰るのだと言った。

正妃になる気などない。

最初から一年経ったら帰るつもりで、今もそうなのだと、酷いことを言うのだ。

私は絶対にスノウを逃がしたくないと思っているのに。

ずっとスノウに焦がれ続けて、どんなことをしても見つけようと頑張っていたのに。

やっと見つけて、こんなにも嬉しいのに。

彼女は私のことなどどうでもいいのだと知り、悲しみと同時に怒りが込み上げてきた。

――私の気も知らないで。

だから、見せたのだ。

隠すと決めたあの幼い頃から、誰にも見せなかった背中の痣を。

これを見て、スノウは何と言うだろう。

気味悪がるだろうか。それならそれでいい。

そうしたら、この私の執着にも似た愛も綺麗に消え失せるような気がするから。

やっぱりスノウも同じだったと思えるから。

勝手に帰ってしまえばいいと納得できるから。

なのに――。


「わ……すごい。流れ星みたい……綺麗……」

本気で感動したような顔をするから。

「ね、ねえ。ちょっと触ってもいい?」

私ですら直視したくないそれを、目を輝かせながら触りたいなんて言うから。

――駄目だ。やっぱり手放せない。

ひとこと気味悪いと言ってくれれば、それで彼女のことなどどうでもいいと思えたのに、あの流れ星を見ていた時と同じ顔をして『綺麗だ』なんて言うから。

「やっぱり君がいい」

押し倒し、口付けた。

初めての接吻は甘く、頭の芯が痺れそうなほどに心地よかった。

驚くスノウのドレスに手を掛ける。

彼女を抱くことに、迷いはなかった。

「君を抱くよ、スノウ。私のものになって」

宣言し、再度唇を寄せる。

抵抗されても構わないと思ったが、意外にも彼女は身体から力を抜いた。

仕方ないというような顔で私を見てくる。

「いいよ」

触れることを許す言葉にハッとする。彼女は頷き、私の背を抱きしめた。

許されたのだと知り、涙が溢れそうになる。

甘い、砂糖菓子のようなスノウの身体を存分に味わい、彼女の中に精を放った。

「絶対に離さないから」

私にこんな執着めいた感情を抱かせたのは、紛れもなくスノウだ。

放っておけばよかったのに、一緒に流れ星を見ようだなんて誘って、その笑顔で私を虜にして。

今だって、この醜い痣を肯定して、私の心の中にするりと滑り込んでくるのだ。

こんなことをされて、惚れないはずがないだろう。

好きで、スノウだけが欲しくて、彼女以外は要らない。

スノウだけ居てくれたら、それでいい。満足だ。

そう思わせたのは、スノウ。

だから責任をとって欲しい。

――どうか私の妃になって、一生側にいて。

そうしてくれたら、きっとこの忌まわしい背中の痣を抱えたままでも、幸せだと胸を張って断言できると、素肌の彼女を抱きしめながら強く思った。

第四章　スノウ、心を触れ合わせる

「ううーん……」

暑い。

あまりの寝苦しさに目が覚めた。すぐ目の前には規則正しい寝息を立てる男——シリウスがいる。

一瞬、現状を理解できず首を傾げかけたが、すぐに昨夜の記憶が蘇ってきた。

昨夜、シリウスに抱かれた私は、そのハードすぎる行為に疲れ、気絶するように眠りに就いたのだ。

そのあとのことは知らないけれど、どうやら彼は私を抱きしめたまま寝ていたようだ。

とても健やかな寝息を立てている。

「…………」

じっとシリウスを見つめる。

彼は裸だったし、私もそれは同じ。

ただ、後処理はしてくれたのだろう。身体のべたつきなどは一切なかった。

「朝、かな」

カーテンから漏れ出る光は明るく、時間は分からないが、夜が明けたのは確かなようだった。

寝こけているシリウスは気持ちよさそうな顔をしていて、起こすのは少々気が咎めたが、ちょんちょんと肩を叩く。

「ね、起きて。もう朝みたいだけど」

いつまでも私の部屋で寝ているのもどうかと思う。

昨夜の行為は、私も同意の下で行ったので、今更どうこう言うつもりはない。

シリウスを受け入れると決めたのは私の意思。

どうあっても私が欲しいのだと、泣きそうな顔で言った彼を見た時に諦めた。

「……私って、男の泣き顔に弱いタイプだったのかしら」

自覚はなかったが実はそうだったのかもしれない。

でも、幼馴染みのリゲルが泣いたところで「ザマア」としか思わないだろうから、誰でもいいわけではないのだろう。

多分、シリウスだったから、絆されたのだ。何となくだけどそんな気がする。

「……うーん」

しつこく揺すると、シリウスはようやく起きそうな気配を見せた。どうやら熟睡していたらしい。

人のベッドで熟睡できるとは暢気なものだ。

彼が目覚めるのを待っていると、何故かギュッと抱きしめられた。

「え？」

「おはよう」

「お、おはよう」

至近距離にシリウスの顔がある。整った顔立ちは、朝の光の中でより美しく見えた。

男の人なのに、素直に綺麗だという感想が出てくる。

シリウスは嬉しそうに笑うと、私の額に口付けた。

「よかった。逃げられてなかった」

「逃げる？」

「朝起きたら君がいない、なんてことになっていたら嫌だなと思って」

「……がっちり抱きしめられている状況で、どうやって逃げろと？」

真面目に言われたが、そもそも不可能である。

文句を言うと、シリウスは「確かにそうだな」と納得したように頷いた。身体を起こすと引きしまった上半身が露わになる。昨夜も思ったが、かなり鍛えているようだ。

彼はぐっと伸びをすると、私に言った。

「そろそろ君のメイドあたりがここに来る頃かな。残念だけど、その前に帰るよ」

「帰るの？　どうせ皆にはバレてるんだから、朝食も食べていけば？」

昨夜、堂々と私を抱き上げて部屋に入ったところは、後宮にいる全員が目撃しているのだ。

今更すぎるので、朝食くらい食べて行けばいい。そう思ったのだが、彼は首を横に振った。

「やめておく。……君以外にこれを見られたくないんだ」

「……これって？」

首を傾げる。彼は私に背を向けた。昨夜見せてもらった流れ星が姿を見せる。

「流れ星！　明るいところで見ると余計に綺麗ね！」

くっきりとした痣は美しく、思わずはしゃいだ声が出る。シリウスが苦笑した。

「ありがとう。君はそう言ってくれるけど、不吉だと思う者が殆どだからね。万が一にも、見られたくないんだよ」

己の肩に手をやったシリウスが溜息を吐く。

彼はベッドから立ち上がると、散らばっていた服を拾い、身につけ始めた。

身体を起こし、着替える彼をぼんやりと見つめる。

王子なのに、手際がいい。クラヴァットも綺麗に結んでいた。

彼はテキパキと身繕いを終えると、実に自然な動作で口付けた。

「――昨日は君を抱けて嬉しかった。また、今夜来るから」

そうして名残惜しそうに私の髪を撫で、寝室を出て行った。

「……わあ」

扉が閉まる音と共に、声が出る。

まるで両想いの恋人にするような態度に驚いたのだ。改めて辺りを見回す。

昨夜、彼に脱がされたドレスや下着やらが見事に散乱していた。

「……うーん、どうしよう。これ」

ドレスの下に着る女性用の下着は男性用のものとは違って、ひとりで身につけるのが難しいのだ。

後ろで紐をギュッと締める必要があるし、そもそも昨夜着ていた宴用のドレスをもう一度着るというのもおかしな話だ。

「……うん。諦めよう」

今更多少取り繕ったところで、ミラにはどうせバレている。

今だって、私が呼ぶまでは自室から出て来ないよう気遣ってくれているのだろうから。

恥ずかしい気持ちはあるが、仕方ない。

着替えを持ってきてもらおうと決め、メイドの名前を呼んだ。

「ミラ。もういいから、来てくれる？　その、着替えを手伝ってくれると嬉しいんだけど」

ミラの部屋がある方に向かって声を掛けると、扉が開く音がした。しばらくして、ミラが寝室に顔を覗かせる。

如何にも事後ですと言わんばかりの惨状を見て、目を泳がせた。

どうやら、どんな態度を取ればいいのか迷っているようだ。いつも淡々と世話をしてくれる彼女にしては珍しい。

「お嬢様」

「あ、大丈夫よ。察しているとは思うけど、合意の上だから」

ヒラヒラと手を振る。

一応、言っておいた方がいいと思ったのだ。ミラは頷き、私の側にやってきた。その手には着替えではなく、バスローブを持っている。

「……寝室に連れてこられたお嬢様が、私を呼ばない時点で悟りましたよ。それ以降は離れた場所におりましたから、殿下とのお話は聞いていません。……ですが、お嬢様。どのような心境の変化があったのです？」

王子の妃になる気がないと言っていた私が、大人しく抱かれたことが不思議だったのだろう。

私はバスローブを受け取りながらも、彼女の疑問に答えた。

「……えっと、心境の変化っていうか、その、ほら、通りすがりの近衛兵の話はしたでしょう？」

「お嬢様が身元を詮索されて困っている話ですよね。当然、覚えています」

「そう。その彼が殿下だったの」

「え……」

バスローブの腰紐を締めていたミラの手が止まる。彼女の視線を感じ、頷いた。

「びっくりよね。まあ、それだけじゃなく、他にも色々あったんだけど、なんか、まあいいかって気持ちになって、つい」

「ついって……つい、で抱かれたんですか？　殿下に抱かれたということは、正妃確定ですよ⁉」

「すっかり忘れてたけど、そうなのよね。うーん、私、男の泣き顔が性癖だとは知らなかったなあ」

のんびりと告げる。ミラは脱力したように言った。

「知らなかったじゃないんですよ。全く、これからどうなさるおつもりなんです？」

「なるようにしかならないんじゃない？　とりあえず、ミラ。服を持ってきてくれないかしら。バスローブ姿じゃ、外に出られないし」

「着替える前にまずは入浴ですよ、お嬢様。お湯の用意はしていますから、さっさと入って来て下さい。あと、身体中に殿下が残された跡がついていますのでお気をつけ下さいね。首のあたりとか、角度によっては見えますから」

「えっ……」

パッと首を押さえる。ミラが頷いたのを見て、ジワジワと顔が赤くなった。

「キスマークってことよね？」

「ええ、全身にばっちりついていますよ。……昨夜はずいぶんとお楽しみのようでしたねとでも言いましょうか？」

「うわあああああ！　お風呂に入ってくる‼」

別にお風呂に入ったところでキスマークが消えるわけではないが、ミラの視線に耐えられなかったのだ。

後宮という場所柄、各自部屋には小さな浴室がある。沸いたばかりのお風呂に浸かりながら私は己の身体をチェックし「ひっ、こんなところにも跡が！」とひとりで大騒ぎした。

◇◇◇

お風呂に入り、ミラの手を借りて身支度を調えた私は、彼女が用意してくれた軽食を食べ、ひと息ついた。

三度の食事は全員で取る決まりがあるのだけれど、お風呂に入っているうちに時間が過ぎてしまったのだ。根掘り葉掘り事情を聞かれたくなかったからちょうどよかったかもしれない。

そうしてお腹が満たされた私は、久しぶりに図書室へ行こうと部屋を出た。

ここのところ図書室へ行かなかったのは『通りすがりの近衛兵』に会わないようにするためだったのだけれど、その正体も判明した。

ならば外出禁止はもう必要ないのでは、と思い至ったのだ。

「お嬢様って、そういうところ神経が図太いですよね。尊敬します」

ミラには絶対に褒めていないと分かる声で言われたが、別にいいではないか。

そうして二階から下り、外に出ようとしたのだけれど、やはりというか、待ち構えていた妃候補たちに捕まってしまった。

まあそうだろうなとは思う。だって、気になるだろうから。

諦めを滲ませた私に真っ先に話しかけてきたのは、セシリアだ。

彼女は興奮したように私の手を握り、はしゃいだ声で言った。

「おめでとうございます！　スノードロップ様！　私、きっとスノードロップ様が殿下に見初められると信じていましたわ！　まさか、あんな形とは思ってもみませんでしたけど！」

「え、ええ……」

「今朝方、殿下がスノードロップ様のお部屋から出て行かれるところをお見かけしました。殿下と夜を共に過ごされたのですよね。本当におめでとうございます」

目を潤ませるセシリア。続いて、彼女と仲のいい他の妃候補たちも口々に祝いの言葉を口にした。

「これでスノードロップ様は、正妃確定。本当におめでとうございます！　あの、もしよろしければ、私たちのことを殿下に推薦していただければ――」

キャアキャアとテンション高くも、期待する目を向けてくる妃候補たち。

そんな彼女たちに何を言えばいいのか困っていると、とても低い声が聞こえてきた。

「……正妃確定。ふうん、いいご身分ね」

私の前に立ったのは、シャロンだった。彼女は鋭い目で私を睨みつけている。

「……シャロン」

「一体どんな手を使ったのかしら。まさかあなたが殿下を落とすとは思わなかったわ」

「いや、落とすとかそういうのではないんだけど……」

どちらかというと、泣き落としに近いものをされたような気がする。

彼の泣きそうな顔に絆されて、諦めた自覚はあるのだ。

シャロンがせせら笑う。

「……殿下に興味がない。正妃になるつもりはないなんて言っておいて、結局これなのだもの。自分の発言くらい責任を持てないのかしら」

「う……」

それを言われると、辛い。

シャロンに言ったことに嘘はないが、彼を受け入れる選択をしたのは自分だからだ。

言っていることとやっていることが違うと言われれば、その通り。

私でも『話が違う』と言うだろう。

「……それについてはごめんなさい。私もまさかこんなことになるとは思わなくて」

「あら、今度は被害者面かしら」

「えっ⁉」

こうなったのは自分の決断の結果であり、被害者になったつもりはない。

だがシャロンにはそう見えたのだろう。

言い訳がましいと思われたのだとしたら、それは私のミスだ。

「えっと、その、今回のことは――」

「別に説明してくれなくて結構よ。くだらない惚気を聞くつもりはないもの」

何とか誤解を解こうと思ったが、説明する前に拒絶されてしまった。

シャロンが背を向ける。

「……本当、あなたみたいに中途半端な女の何がいいのかしら。殿下の正妃になる覚悟もなく後宮に来て、公爵令嬢のくせに『それらしく』も振る舞えない。毎日フラフラと外に出掛けるような女のどこが。……私の方が、よほど公爵令嬢として完璧なのに」

悔しげに呟く。そうしてこちらを一度も振り返ることなく大階段を登ると、二階の自室へ去って行った。

「……あ」

思わず手を伸ばすも、シャロンに届くはずもない。

セシリアたちが私を取り囲んだ。

「スノードロップ様、気にすることありませんわ」

「そうです。シャロン様はスノードロップ様が羨ましいだけなんですよ」

「ええ。殿下に見初められたかったのは、皆、同じですから」

「でも、殿下が選ばれたのはスノードロップ様。私たち、鼻が高いですわ」

慰めを口にしてくれる彼女たちに申し訳なく思いつつも、首を横に振った。

「……ありがとう。でも、シャロンの言うことは尤もだと思うから」

シリウスの正妃になるために来たシャロンが怒るのは当たり前だ。

でも、私にだって言い分はある。

本当に彼の妃になる気はなかったし、今だって「どうして」と思っている。

決してシャロンを騙《だま》したり、抜け駆けしたりするつもりはなかったのだ。

結果がこれでは何を言っても無駄だろうけど。

「……難しいわね」

溜息を吐く。暗くなってしまった気持ちを切り替えたい。

私は予定通り図書室へ行こうと決め、皆に少しの間出てくると告げて、後宮の外に出た。

◇◇◇

「あー……。空気が軽い」

後宮から出てひとりになると、分かりやすく身体から力が抜けた。

よほど緊張していたのだろう。誰もいないところに来られたことで、ようやく気を抜くことができたのだ。

「……正妃、か」

ぽてぽてと道を歩く。道すがら考えるのは昨夜のことだ。

皆が言うように、シリウスに抱かれたことで、私が彼の正妃になることは確定した。

それはもう、絆された私の自業自得だから仕方ないと諦めているけれど、このまま二度と自分の屋敷に帰ることはないのだと思うと、少し寂しいような気がした。

「仕方ないんだけどね」

全て昨夜、断らなかった私が悪い。

王子に嫁ぐ気なんて露ほどもなかったけれど、こうなったからには腹を括るかと考えていると、図書室についた。

「スノウ！」

「うわ、うるさ」

図書室に入った私に、勢いよく話しかけてきたのはリゲルだった。

リゲルの顔色は悪く、土気色だ。

いけ好かない幼馴染みでも、健康状態が悪ければ心配もする。

私は彼の顔を覗き込み、その額に手を当てた。

「どうしたの。ものすごく顔色が悪いけど熱でもある？　ちょっと休ませてもらった方がいいんじゃない？」

幸いにも熱はなかったが、どうしたのだろう。

心配する私を余所に、リゲルは舌打ちせんばかりに言った。

「そんなことはどうでもいい。それよりお前……殿下に抱かれたと聞いたが、本当か？」

「どうでもいいって……えっ、何でリゲルが知ってるの？」

昨日の今日で、もう幼馴染みまで話が回っているとか、驚きである。

いや、リゲルはシリウスの側近なのだから知っていてもおかしくないのかもしれないけれど、一体どこまで話が広がっているのか、ちょっと怖いものがあるかもしれない。

リゲルが忌々しげに告げる。

「……今朝、朝議中に女官長から陛下に報告が入ったんだ。殿下が正妃候補の女性と一夜を過ごされた、と。女官長はお前の名前を挙げていた」

「うわ……」

報告したのは、シリウスではなく女官長だったようだ。

彼女の立場からすれば、国王に報告するのは当然だろう。特にシリウスは後宮に通わない王子として有名だったから、一大事とばかりに連絡するのは納得できる……のだけど、何も朝議中に報告しなくてもいいと思う。

「その時、殿下は不在だった。朝議が始まる前に、少し遅れると連絡があったんだ。皆がざわつく最中、殿下が来て、陛下が事情を聞いた」

「…………」

「殿下は、女官長の報告が真実であることをお認めになられた」

「認めちゃったかああ」

別に否定して欲しかったわけではないが、はっきり「そうだ」と言われるのも何だか恥ずかしい。

シリウスが朝議に遅れたのは、私の部屋から帰ったからだろう。

一度、自分の部屋に戻って身支度を調える時間が必要だったのだ。さすがに昨夜の盛装姿で朝議には参加できないと思う。

仕方ないと思いつつも、おそるおそる尋ねる。

「じゃ、じゃあ、すでに主立った人たちは、皆、昨日の話を知ってるって、そういうこと？」

「……ああ」

こくりとリゲルが頷く。羞恥で気が遠くなりそうだ。

「……本当、なんだな？」

「えーと……まあ、そうね」

恥ずかしいは恥ずかしいが、この件に関しては腹を括ると決めたので、下手な誤魔化しはしない。肯定すると、何故かリゲルはギュッと唇を噛みしめた。

「……どうするんだ」

珍しくも声が震えている。

「お前は妃になりたくない。一年で帰るとそう言っていただろう。俺もそのつもりでいたのに」

「いや、リゲルは関係ないでしょ。えっと、それにどうするも何も、正妃になるしかないんじゃないかしら。後宮に上がっている時点で、こうなる可能性は承知の上だったわけだし」

「……何故、そんなに軽いんだ」

「えー……」

文句を言われても困る。

「だって、悩んでも仕方ないでしょう。人生って思った通りには運ばないものだなあって、そう思っておくくらいがちょうどいいんじゃない？」

「…………」

信じられないという顔をされたが、私は無益なことはしたくないだけなのだ。

悩んでも仕方ないことをしつこく考える方が時間の無駄。

うん。私よりよっぽどリゲルの方が悲壮感を漂わせている。

「どうしてリゲルが暗くなっているのよ」

「…………」

リゲルが恨めしげに私を見てくる。もの言いたげな視線に首を傾げた。

「リゲル？　あ、分かった。私が自分の上司の奥さんになるのが嫌なんでしょう」

会えばいつも厭味を言っていたリゲルだ。幼馴染みではあるものの、私のことをあまり好ましく思っていなかったであろうことは明白。そんな私が自分の上司の妻になると知り、ショックを受けている……くらいが妥当ではないだろうか。

「…………」

「リゲル？」

いつもなら私の軽口に即座に言い返してくるはずなのに、彼は何も言わず、俯いた。らしくない。

さすがにおかしいと思い、再度名前を呼んでみたが、彼は私の声には応えず、ひとりでフラフラと図書室を出て行ってしまった。

「……結局、何だったの？」

意味が分からない。

とはいえ、わざわざリゲルを追いかけようとまでは思わないので、お目当ての本を探しにいくことにする。

古い星の逸話が載った本を見つけてウハウハ気分で借りたが、その際、なんと司書にまで「おめでとうございます」と言われてしまった。

これはもう、城にいる全員が知っていると思った方がよさそうだ。

とりあえず「ありがとう」と返す。用事も終わったことだし、後宮に戻ろうかと王城の廊下を歩いていると、誰かを探している様子の父を見つけた。

「お父様?」

珍しいなと思いながらも声を掛ける。父はハッとした顔でこちらを見た。急ぎ足で駆け寄ってくる。

「スノウ!」

「お久しぶりです。王城でお会いするのは初めてですね」

基本、王城で仕事をする父と、本を借りにやってくる私。

顔を合わせても不思議ではないと思うのだが、意外とこれが初めてだ。

のんびりと挨拶をすると、父は「どうしてお前はそんなに落ち着いているんだ!」と嘆いた。

「っ! そうではない。スノウ、お前を探していたのだ。け、今朝方、朝議で聞いたのだが、お前は——」

朝議という言葉を聞き、父が何を言いたいのかを察した。

「……あー……はい、そうですね」

「どうしてっ……！　お前を王家になどやるつもりはなかったのに……‼」

父が心底悔しげに顔を歪め、拳を握る。そんな父に、すっかり諦めの境地に達していた私は言った。

「私も一年経ったら帰るつもりでしたけど、こうなっては仕方ないと思います」

「仕方なくなどない。クソッ！　せっかく殿下とお前が鉢合わせしないよう画策していたというのに……一体どこで見初められたというのか」

「え」

どうやら父は、私とシリウスを出会わせないようにしていたらしい。

特に、私が好んで行くと思われた図書室には絶対に行かせまいと周辺付近を常に窺っていたなどと聞けば「何をしているの、お父様」と頭を抱えたくなった。

「お父様、そんなことをなさっていたのですか……」

「万が一にもお前が見初められないようにしたかったのだ」

「あの、お気持ちは嬉しいですけど、私、絶世の美人とかではありませんからね？　一目惚れとかはないと思うので、お父様は考えすぎかと」

「……だが、実際、お前を奪われてしまったではないか」

「…………」

それはそうだが、父が懸念していたような『一目惚れからの正妃に召し上げ』とかではないのだ。

王子だと知らない間に交流を重ねているうちに、ものすごく執着されていた、が正解である。

とはいえそんな話を父にはできないので、曖昧に笑って濁しておく。

「ま、まあ、人生なんてそんなものですよ」

「……どうしてお前はそう軽いのだ。お前こそ、嫌だと言っていたではないか」

じとりと恨めしげに見られたが、まさか泣きそうな顔に絆されたから、なんて言えるはずもない。

適当に誤魔化しながら、ひたすらに悔しがる父を慰める羽目になった。

◇◇◇

父を慰めたあと後宮に戻った私は、ミラに入浴するように言われた。

「えっ、早くない？」

入浴するにはまだ早い時間だ。だが、ミラは首を横に振った。

「今夜も殿下は来られるのでしょう？　時間が分からない以上、早めに身体を清めておいた方がよいと思いますが」

「……来るとは言ったけど、来ないかもしれないわよ？　ほら、その場のリップサービスかもしれないし」

「それではお嬢様は、入浴もしていない状態で殿下に押し倒されても構わないと仰るのですね？　まだまだ初心者のお嬢様には少々レベルの高いお話だと思いますが」

「……入ってくるわ」

昨夜のアレコレを思い出し、大人しく浴室へ向かった。

ないとは思うが、念のためだ。自分のためにもお風呂に入った方がいい。

そうして夕食を済ませ、落ち着かない気持ちで待機していると、予想よりずいぶんと早く、シリウスがやってきた。

「やあ」

「えっ、早くない!?　というか、本当に来たの？」

「酷いな。私は一刻も早く君に会いたかったというのに」

そう告げるシリウスは、手に薔薇の花束とプレゼントボックスを持っていた。

「はい、プレゼント。後宮に通う時は、手ぶらでは駄目なんだって。知らなかったよ」

「……私も知らないけど……えと、ありがとう」

受け取っていいものか一瞬迷ったが、規則なら貰っておくべきだろう。

薔薇の花束は真っ赤で、とても芳しい。近くのソファに座ってプレゼントボックスを開けると、中には綺麗な宝石が入っていた。

青い透明感のある大きな宝石は、ブルーダイヤモンドだ。

「綺麗……」

「初めて贈る宝石は、自分の目の色と同じ色のものを選ぶって聞いたから。君が好きなアクセサリーに加工するといいよ」

同じようにソファに座ったシリウスが言う。説明に頷きながら、ミラを呼んだ。薔薇の花束と宝石を預ける。

彼女が下がり、何となく一段落ついたところでシリウスが言った。

「私たちの結婚式だけど、一年後に決まったから」

「えっ、あ……うん」

昨夜、シリウスに抱かれたことで、実質上は彼の正妃と見なされているが、結婚式は別に行われるのだ。

一年あるのは、それだけ準備に時間が掛かるから。

王族の結婚式なんてそんなものだよねと思っていると、シリウスが面白くなさそうに言った。

「ずいぶん淡々とした反応なんだな。昨日は、夜を共にしたっていうのに」

「いや……そんなこと言われても困るんだけど。だって、こっちはどうして私を抱いたのか、その理由も分からない状態なんだからね。それで喜べるかって言ったら無理がない？」

「え」

キョトンとした顔をされても、困っているのはこちらだ。

「……逃がしたくないとか、後宮にいるんだから抱いてもいいはずだとか、そういうことは言われたけど、そう思った決定的な理由は何も聞いてないの。それが分からないのに、馬鹿みたいに喜べるわけないでしょ。どうして私を抱いたのよ。お陰であなたの正妃は私になっちゃったじゃない」

シリウスが私に対して、並々ならぬ執着を抱いていることは理解したが、それが何故かは知らないのだ。

彼の泣きそうな顔に絆されたのは私だから、別にいいと言えばいいのだけれど、理由も分からない状況で喜べるほど愚かではない。

シリウスが目を丸くする。

「えっ、言ってなかった？」

「何を？」

本気で分からない。首を傾げると、彼は言った。

「君のことが好きだって」

「……聞いてないけど」

いくら思い返しても、言われた覚えはない。

というか、だ。

「え、シリウスって、私のことが好きなの？」

「逆にどうして好きじゃないと思うんだ？　好きでなければ君の正体を知りたいなんて思わないし、抱こうなんてもっと思わない。好きな女性以外を抱けるほど私は器用ではないんだけど」

「……え、えっと、ごめんなさい？」

甚だ遺憾だという顔をされ、思わず謝った。うん、今のは私が悪い。

好きだからその相手を抱きたい、は人として当たり前の感情で、そこに思い至らなかった私が鈍いのだ。

でも、そうか。

彼は私のことが好きなのか。

「……へえ」

何だか不思議な気分だった。

改めてまじまじとシリウスを見つめる。

彼はどこか居心地悪そうな顔をしていた。それでも口を開く。

「……君を好きだと思うのはおかしい？」

「……べ、別にそれは個人の自由だと思うけど」

どうしてなのかなとは思うが、好きだと言ってくれる気持ちを否定する気はないし、好意を持ってもらえるのは嬉しい。

特に、シリウスは悪い人ではないと知っているから。

シリウスが己の肩を見ながら言う。

「君も昨日見ただろう。私の背中を。私は幼い頃に皆から『不吉だ』とか『忌まわしい』とか、そんな風に言われて育ったんだ。ずっとこの背中の痣が大嫌いだったよ。誰よりもこれを忌まわしいと思っていたのが私だ」

「忌まわしい……」

ギュッと眉を寄せる彼を見て、今までどれほど彼が傷ついてきたのかを察してしまった。

あの綺麗な流れ星のような痣。私には美しいものに見えたけど、彼には忌まわしいものでしかなかったのだ。

そういえば、朝にも誰にも痣を見られたくない的なことを言っていた。

「えっと……ごめんなさい。何も考えず、綺麗だなんて言ってしまって」

昨日と今朝の己の発言を深く後悔した。

苦しんできた人に無神経に言うべきではなかった。

心から謝罪すると、シリウスは「謝る必要なんてないよ」と告げた。

「君の言葉は嬉しかったから。誰にとっても忌まわしいものでしかないこれを、君だけが綺麗だと言ってくれた。本当に嬉しかったんだ。あの流れ星を一緒に見た時もそう。不吉だと言われる流れ星を、君だけが幸運を呼び込むものだと言って、笑って見ていた。君が何気なく言ってくれた言葉の数々が、どれだけ私を救ってくれたか。心から感謝しているよ」

「で、でも、私、そこまで考えて発言したわけではなくて」

本気で感謝され、狼狽える。彼には申し訳ないが、私はそんな風に言ってもらえるような人間ではないのだ。

特に流れ星の言い伝えに関しては、完全に前世知識のもので、こちらにある逸話ではない。それを偉そうに「こういう考え方もあるんだから」みたいに押しつけてしまったのだから、お礼を言われるのは逆に申し訳ない気がした。

だが、シリウスはゆるく首を横に振る。

「いいんだ。君の言葉が私を救ってくれたのはれっきとした事実なんだから。本当に、涙が出るほど嬉しかったんだよ。それと君を好きになった切っ掛けだけど、目を輝かせて流れ星を見る君が、とても綺麗だと思ったから、かな。あの時、君を好きだと気づいたんだ。……絶対に手に入れたい。君じゃないと嫌だって、そう強く感じた」

「……シリウス」

「だから、君を抱いた。君を私の妃にできるチャンスを逃したくなかったんだ。君を、スノウを愛しているから」

柔らかく笑みを浮かべながらシリウスが告げる。その表情と言葉に、強く惹きつけられた。

「え、えっと」

「これで分かってもらえたかな。私が君を本気で想っていることを。愛しているから、妃に迎えたいと願っていることを」

「わ、分かった。分かったから」

頼むから、これ以上「愛してる」とか言わないで欲しい。

シリウスがその言葉を言うたび、何故か心がカーッと熱くなるような気がするのだ。

恥ずかしいような嬉しいような、何だか叫び出したくなるような、今まで経験したことのない感覚に戸惑っていた。

「シ、シリウスは私が好きだから結婚したいのよね。わ、分かったわ」

「本当に分かってくれてる？」

言いながら、シリウスがソファから立ち上がる。そうして彼は、実に自然に私を抱き上げた。

「へ？」

「じゃ、寝室へ行こうか」

「へ、へ、へ⁇」

パチパチと目を瞬かせる私に、シリウスが笑って言う。

「私の気持ちを分かってくれたんだろう？　それなら、この後どうなるかも分かるはずだと思うけど？」

「…………」

シリウスが寝室へと歩を進める。あっという間にベッドまで運ばれてしまった。

シーツの上に下ろされ、戸惑いながらも彼を見る。

「えっと、その……するの？」

「駄目？　君を感じたいって思うんだけど」

言いながら彼がベッドに上がってくる。実に自然な動作で押し倒された。

私に覆い被さってくる男を見つめる。

彼はにこりと笑い「君を愛してる。だから抱きたい」とはっきりと言った。

「嫌なら嫌って断ってくれていいよ。すでに結婚は決まってるんだ。焦っていないし、君に嫌われるのは嫌だ。無理強いするつもりはないから」

「…………」

そう言うわりに、彼の目には期待が滲んでいて、断られるなんて微塵も思ってもいなさそうだ。

そして私も、すごく不思議なことに断ろうという気持ちにはならなかった。

どちらかというと、まあ、いいかな、なんて気分になっている。ちょっとフワフワと浮ついた気持ちにさえなっていた。

これは何だろう。

もしかして、好きだと言われて嬉しくなってしまったのだろうか。

だとしたら私はあまりにもチョロすぎないかと思うも、自分の心に嘘は吐けない。だから言った。

「……私はあなたの妃だもの。抱きたかったら抱いたらいいと思うの」

「君が嫌なことはしたくないって言ったよ」

「……嫌だったらそう言うわ。今更そんな遠慮はしない。言っていない時点で察しなさいよ、馬鹿」

シリウスは、はっきり言わせたいのかもしれないが、こちらだって恥ずかしいのだ。

特にまだまだ自分の気持ちもよく分からない状況。

『はい』とも『いいえ』とも言い難い。

だからそこは空気を読んで、ガッと来てくれればいいのだ。そうしたら私は流された態を装うから。

そう文句を言うと、彼は「……なるほど」と頷き「君って結構、面倒臭かったりする？」と笑って言ってきた。

その言い方に少しムッとする。面倒臭いとは何事だ。

まあ、多少の自覚はあるのだけれど。

それでも一応抗議しようと思い立ったのだけれど、それより先に彼の唇が落ちてきた。

「えっ……」

目を見開く。シリウスは悪戯っ子のような顔をしながら私に言った。

「確か、ガッと行けば流されてくれるんだよね？　実践してみたんだけどどうかな」

「……馬鹿」

だからそれをわざわざ口にするなと言うのに。

「好きだよ、スノウ」

何とも言い難い顔をする私に、シリウスが再度口付けてくる。

お陰でそれ以上文句を言うこともできず、結局、またふたりだけの夜は更けていった。

◇◇◇

初めてシリウスに抱かれてから、少し時間が過ぎた。

あれから色々ありつつも、現在私は彼、唯一の妃として後宮で過ごしているわけなのだが、ひとつ、大問題が発生していた。

「……何であの人、毎日毎日来るわけ⁉　暇なの⁉」

これである。

今まで一度も後宮に見向きもしなかったシリウス。

それこそ、初めて来たのがあの宴の日だというくらい後宮の存在を無視し続けていた彼だが、ここに来て見事に掌をひっくり返した。

毎晩毎晩、いそいそと後宮に通ってくるようになったのである。

しかも毎回、丁寧に花束と手土産を持って。

おまけに「ただいま」なんて言われてしまえば「お帰りなさい」以外返せる言葉があるはずもなく、気づけば毎晩彼を迎えるのが当たり前になっていた。

「……ここってシリウスの部屋だったかしら。私の記憶が確かなら、私の部屋だったと思うのだけど」

己の部屋を見回しながら、息を吐く。

少し前までは、私のものしかなかったはずの部屋。それが今では、彼の私物や服などが増えた。

何せ、最近ではここから朝議に通うことが殆どなのだ。替えの服や下着を置いておく必要がどうしてもある。

これは最早、一緒に住んでいるも同然ではないだろうか。

何故こうなったのだろうと首を傾げる私に、側にいたミラが「お嬢様ってば、殿下に愛されておいでですね」と呆れたように言った。

「愛され……ううん、そう、よね」

ミラの言葉を否定しようとして、止めた。

何せシリウスは言葉を惜しむタイプではなかったので。

あの告白された日から今日まで、彼の口から「好き」の言葉を聞かなかった日は一日もない。

毎度甘くも優しい目で見つめられて「スノウが好きだ。君だけいればいい」みたいなことを言われるものだから、彼の気持ちを疑おうなんて微塵も思わなかった。

あと、それを悪くないと思う自分にもちゃんと気づいている。

端から見れば、わりと幸せな生活を送っていることも理解しているのだ。

結婚相手に愛されているのだから、間違いないだろう。

だが、それはそれとして、私はストレスが溜まっていた。それが先ほども叫んだ『シリウス、毎日やってくる問題』である。

「ほんっと、何で毎日来るの？　たまにはお休みの日をくれてもいいと思わない⁉」

自室で地団太を踏む。

いい加減、発狂しそうな気持ちだ。

「私はひとりで夜を過ごすのが好きなのに……！　シリウスが来るようになってから、一度も夜空を眺めに行けてない……あああああ！　たまにはひとりでのんびり星を眺めたい～っ‼」

シリウスが嫌いなわけでは断じてない。

だが、私は生来ひとりでのんびり過ごすのが好きなタイプなのだ。

それがここのところは、毎日シリウスと一緒。しかも室内に閉じ籠もりきりとくれば、私のストレスが溜まるのも当然と言えた。

あと、地味にシャロンの存在が負担になっていた。

私が正妃と決まってからの彼女は、面と向かって何かを言ってくることはなくなったのだけれど、代わりにひたすら睨みつけてくるようになったから。

何も言われないのにただ睨まれるというのは意外と精神にクルので、私も「何かあるのなら、はっきりと言って」と本人に告げたのだ。でも「別に何もないわ。あなたと話すことなんて何もない」と返され、それ以上は本当に何も言ってくれなくなった。だけどやっぱり睨みつけられる。

あの無言の攻撃により、私は一層ストレスを溜める事態となっていた。

「外に出たい、外に出たい、外に出たい！　広い場所でひとり、星空を眺めて心を癒やしたい！」

叫んだところで何かが変わるわけではないが、叫ばずにはいられないし、いつかは限界だってやってくる。

しばらく経ったある日の夜、私は死にそうな顔をしながらミラに言った。

「ミラ、ごめんなさい。私、もう限界なの。ちょっとだけ、ちょっとだけ外に出てくるわ！」

「お嬢様⁉　えっ、殿下はどうなさるのです？　今日もきっと来られるでしょう？」

尤もすぎる言葉に、私はミラから目を逸らしつつも言った。

「……べ、別に、約束しているとかじゃないもの。ここに来てるのはシリウスの勝手だし……その、できるだけ早く帰ってくるから」

「殿下が来られた時、私は何と言えばいいのです？　片棒を担いだと恨まれるのはごめんですよ」

ミラの顔には、絶対に嫌だと書かれてあった。

気持ちは分かる。分かるが、私も限界なのだ。

「……私の趣味が天体観測なのは、シリウスも知っていることだもの。その、すぐに帰ってくるから、部屋で待っててとでも言っておいて。あ、もちろん待つのが嫌だったら、帰ってくれても構わないわ」

「……それを私に言えとおっしゃるのですか、お嬢様。悪魔ですね」

じろりと恨めしげに睨まれたが、今日だけは譲れない。

ほんの少しでも構わないから、ひとりで夜空を眺めて癒されたいのだ。

私は手を合わせ、ミラに頭を下げた。

「お願い！　本当にちょっとだけだから！」

「……はあ、分かりましたよ」

渋い顔をしつつも、ミラは結局折れてくれた。

「私って甘いですよね。……本当にすぐに戻ってきて下さいよ？」

「ありがとう、ミラ……」

持つべきものは、有能かつ優しいメイドだ。

久しぶりに女官服を身に纏い、ミラの協力を得て、外に出る。

時折、夜空を仰ぎながら道を歩く。それだけでストレスが少し発散された心地がした。

昼間も外には出ているが、やはり夜の散歩は格別なのだ。

夜空に煌めく星々があるとないとでは、全然違う。

「あー……ストレスが緩和されるわ……」

裏庭へ行き、敷布を敷いて大の字に寝転がった。

全てから解放された気持ちになる。今夜の星空は、そこまで綺麗に見えているわけではないけれど、今の私には十分すぎるほどだった。

「綺麗……」

「……ああもう、やっぱりここにいた」

「……え？」

ぼんやりと星に見入っていると、呆れたような声が響いた。

身体を起こして声のした方向を見る。シリウスが腰に手を当て、私を見ていた。

「あ」

「あ、じゃないよ。行ったら君がいないんだもの。吃驚した。まあ、メイドの話を聞いて、納得したけど」

「納得って……」

「お嬢様はストレスの限界を感じて、星を見に行きましたって。確かにずっと、室内に籠もりっきりだったものね。日夜、部屋を抜け出しては空を見上げていた君には、少し辛かったかな」

少し寄って欲しいと言われ、私は素直にシリウスが座れるスペースを空けた。

彼は空いた場所に座り、当然のように私の腰を引き寄せてくる。

そうして私に文句を言った。

「君が天体観測を好むことは知っているんだから、そんなに行きたいのなら誘ってくれればよかったのに」

「ひとりになりたかったの。誰も居ないところで、ぼんやり星を眺めたかった」

正直に答える。

シリウス相手に遠慮する必要がないことを、一緒に過ごしたことで学んだのだ。

彼も私の言葉を咎めない。軽く笑って頷いた。

「そっか。初めて君と会った時も、ひとりきりで楽しそうにしていたからね。じゃあ、邪魔をしてしまったかな」

「……邪魔、ではないわ。でも、よくこの場所が分かったわね」

　王城は広く、天体観測に適した場所は意外とたくさんある。その中から私のいる場所を探し当てたことに驚いたのだが、彼は「簡単だよ」といった。

「君の居るところが分からないはずがない。大体、夜の逢い引きをしていた時だって、いつも君のいる場所を探し当てていただろう？」

　確かに『通りすがりの近衛兵』だった頃から、彼は私を見つけるのが上手かった。

　だけど言うに事欠いて、逢い引きとは。

「言い方、酷くない？」

「そう？　でも私はそのつもりで、毎夜スノウを探していたから。君と会えるかな、君ならどこで星を見たいと思うかなと考えながら歩き回るのは、なかなかに得難い時間だったよ」

　言いながら空を見上げる。そうして言った。

「最初は、星を見たいなんて言う君を酔狂だって思ってた。私にとっては忌まわしいものでしかないからね。でも今は、素直に綺麗だと思える」

「………………」

「君のお陰だ」

　嬉しそうに告げるシリウスの横顔を見つめる。

　リラックスしている様子が伝わってきた。

「私のお陰って……何もしていないけど」

「そんなことないよ。こうして君と一緒に空を見上げる時間を私はかけがえのないものだと思っているからね」

彼の言葉につられるように私も空を見上げる。

真っ黒な夜空に銀色の煌めき。溜息が出るような美しさだ。

「綺麗だわ」

「本当だね。……うん、せっかくだし、今夜はここで星を眺めながらお喋りでもしようか。そういうのもたまにはいいなと思うし」

「……いいの？」

まさかここにいることを許してもらえるとは思わなかった。

もう帰ろうと、そう言われるものだとばかり思い込んでいたのだけれど。

シリウスが楽しげに言う。

「いいよ。スノウのストレスを溜めるわけにもいかないし、さっきも言っただろう？　私はこれを逢い引きだと思ってるって」

「……うん」

「たまには逢い引きで外に出るのも悪くない。ただ、そうだな。ひとつだけ心配事があるとしたら、君が……私といることをストレスだと感じなければいいなと思うくらいかな」

優しい目で見つめられ、私は目を瞬かせた。

確かにストレス発散のためにここに来た。ひとりになりたくて、後宮を抜け出して来たのだ。

その場所にシリウスが合流してきて、でも私は嫌だなんて少しも思ってはいない。

この場所に彼がいることを自然に受け止めているし、ひとりの時と同じような穏やかな時間が流れているように感じていた。

——不思議。

でも悪くない。

だから私は正直に言った。

「大丈夫。シリウスと一緒に星を見るの、私、結構好きみたい」

ひとりで夜空を眺めるのもいいが、そこにもうひとり誰かが、シリウスがいても楽しいと思える。

そう答えると彼は喜び、それから夜の星空を眺めるデートは定期的に行われるようになり、私がストレスを溜めすぎて暴れることもなくなった。

第五章　スノウ、視察へついていく

ここのところ、目に見えて後宮の女性の数が減っている。

シリウスの妃候補として来ていた女性。彼女たちが次々と後宮から去っているのだ。

後宮のルールとして、一年間、通いがなければ、妃候補を辞すことは決まっているが、去った女性の中にはまだ半年ほどしか在籍していなかった者もいる。

どうしてだろうと不思議に思っていたが、ある日の午後、女官たちから情報を仕入れてきたミラが教えてくれた。

「殿下のご命令らしいですよ」

「え、シリウスの？」

「あ、動かないで下さい」

化粧台の前で髪を結ってもらいながら会話していたので、頭を動かしたことを怒られてしまった。

ミラは髪を編み込みながら、私の疑問に答える。

「ええ。基本、妃候補は最低でも一年在籍するものなのですけどね。殿下が『正妃が決まったのだから』と、このところ次から次へと妃候補たちを解任しているそうで」

「それって許されるの？」

何が何でも一年いなければならないものと思っていただけに驚きだ。鏡越しにミラを見る。

「後宮の主は殿下ですからね。前までなら陛下がお許しにならなかったでしょうが、とりあえず正妃が決まったということで、ある程度殿下が自由にされることを許可しておられるのだとか」

「へえ……どういう意図なのかしらね。今の妃候補を全部入れ替えるとか、そういうことなのかしら」

王族は一夫多妻制。正妃が決まったからといって、じゃあそれ以外は全員解散、にはならないのだ。

私は今でも一夫多妻制は嫌だと思っているが、正妃に決まってしまったからには受け入れなければならないと分かっている。

いつかはシリウスも、私以外に愛妾を何人……いや、何十人と娶るのだ。そして私はその彼女たちと一緒に、後宮で暮らさなければならない。

——嫌だな。

未来を考えると気分が悪くなるし、モヤモヤした気持ちになるが、最初にシリウスを受け入れたのは自分だと分かっている。

愛妾という存在がどうしても許せないのなら、頑として受け入れなければよかったのだ。

今でもたまに「どうしてあの時、まあいいやなんて思ってしまったんだろう」と不思議になるが、現状を引き起こしたのは間違いなく私の決断。

いくら気に入らなくても国の制度に突っかかるわけにもいかない。

幸いにもまだシリウスは私以外の女を抱いていないようだし、今の内から覚悟を決めていかないとなあ、なんて億劫になっていた……のだけれど。

◇◇◇

「えっ、新しい妃候補なんて入れるつもりはないけど」

「えっ」

その日の夜、いつものようにやってきたシリウスとベッドで抱き合ったあと、彼の腕の中に収まった私は、何となくという気持ちで聞いた。

「最近、後宮の女性の数が減ってるけど、新しい妃候補を入れるの？」と。

それに対し、返ってきたのが先ほどの答えだ。

まじまじとシリウスを見つめると、彼は私を強く抱きしめた。

「わっ……」

「どうしてそういう結論になるかな。普通に考えれば分かると思うんだけど。必要なくなったから、順次、出て行ってもらっているんだよ」

「必要なくなった？」

どういうことだ。

首を傾げると、シリウスはムッとしたような顔をした。

「分からない？　君以外は要らないって言ってるんだけど」

「……え」

目を見開く。シリウスは真剣な顔で私を見つめてきた。

「私は君以外、妃に迎える気はないよ。そもそも、私が後宮に通っていなかったことはスノウも知っていたよね？」

「え、ええ、それは」

「今、私がここに来ているのは、スノウがいるから。スノウ以外に興味はないんだから、他の候補を迎えたって意味はない」

シリウスの目をただ見つめ返す。真摯な言葉にどう反応すればいいのか分からず困っていると、彼はふっと笑った。

「第一、私は他人に肌を晒したくないんだ。この背中を見せたくないからね」

今は露わになっている彼の肌。その背中には、不吉とされる流れ星の痣がある。

「君以外にこの痣を見せるつもりはない。だから君以外は要らない。簡単な話だよ。父上にはもう言ってあるし、正妃が決まったのだから好きにしていいと言質も取ってある」

「……いいの？　それで」

国を継ぐ王太子の妃が私ひとりで本当に構わないのだろうか。驚きつつも尋ねると「別にいいでしょ」と返ってきた。

「君がいなければ、結婚できたかも怪しいくらいなんだから。父もそれを分かってるんだよ。だから褒められた。愛妾候補ではなく正妃候補から選んだのは偉かったって」

「……褒めるレベルが低い」

国王の気持ちは分からなくもないが、聞けば聞くほどそれでいいのかという気分になってくる。

微妙な顔をする私の頬に、シリウスが手を伸ばしてきた。そっと撫でられ、目を瞑る。

彼に触れられるのは心地よく、身体から勝手に力が抜けていく。

シリウスがポツリと言った。

「私は、スノウだけいればいいよ。君だけを愛しているから他は要らない。それとも君は、私に多くの妃を娶って欲しい？」

「そ、そんなわけないけど！」

私の価値観は、一夫一妻制だ。

ただ、それを言っても仕方ないと思っていたから言わなかっただけのこと。

「……シリウスが愛妾を娶らないというのは嬉しいわ。だってやっぱり、他の女性のところになんていってほしくないから」

「スノウ……」

シリウスがパッと顔を輝かせる。

「本当？　本当に嬉しいと思ってくれてる？」

「え、ええ」

前のめりに尋ねられ、頷いた。シリウスが安堵の表情を浮かべる。

「よかった。自分のところにばっかり来るな、なんて言われたらどうしようかと思った」

「そ、そんなこと言わないわよ」

ストレスが溜まっていた時はそんな風に考えたこともあったが今は違うし、あの時だって別に他の女のところへ行けなんて思っていなかった。

私はシリウスと結婚することをよしとしている。だから夫となる人を厭うなんてあり得ないのだ。

ただ、自分の気持ちが何処にあるのかは、まだ分かっていないけれど。

シリウスと結婚するのはいい。一緒に過ごすのも、触れられるのも嫌ではない。

だけどそれが『好き』という感情から来ているのかは、不明だ。

シリウスから愛を告げられるのは嬉しいと思えるし、今の状況はきっと幸せなものなのだろうなとも分かるのに、自分の気持ちだけが宙ぶらりんのまま。

『好き』って何だろう。

具体的にどうなれば『好き』になったと言えるのだろう。

曖昧すぎて分からない。

王侯貴族の結婚に好意なんて必要ないのだろうけど、シリウスがあまりにも愛を告げてくれるものだから、私まで真面目に考え始めてしまった。

「好きだよ、スノウ」

「…………」

「君だけがいればいい。愛してる」

シリウスからの言葉に黙って目を瞑る。

唇が触れ合うのを心地いいと思いながらも私は『好き』って難しいなと思っていた。

◇◇◇

『好き』について深く考察しすぎてよく分からなくなってきたある日、いつも通り夜に私の部屋を訪ねてきたシリウスが、私に上着を渡しながら言った。

「明日から二泊三日で、視察に行くことになった」

「視察？」

上着を受け取り、コテンと首を傾げる。

シリウスが私の部屋に通うようになって結構経つが、泊まりがけの仕事に行くと聞いたのはこれが初めてだ。

「どこへ行くの？」

「君の父君の領地だよ。ラインベルト公爵家の領地では良質のワインが作られるだろう？　その視察に行くんだ」

まさかのうちの領地だと言われ、軽く目を見張った。

確かにラインベルト公爵領で作られるワインは有名で、王家にも納品している。

今年の出来映えを直接見に行くのだと言われ、頷いた。

「そうなのね。行ってらっしゃい、気をつけて」

「？　何を言っているの？　君も一緒に行くんだよ」

「え、私も？」

後宮にいる私を連れて行くと聞き、驚いた。

「いいの？　私、外に出られないんじゃ……」

王城を散歩することくらいは許されているが、後宮の女は、基本外には出ないものだ。

だが、シリウスは否定した。

「夫である私と一緒なんだから構わないよ。誰にも文句は言わせない。明日の朝一で行くから、そのつもりでいて」

「え、ええ、分かったわ」

頷くと、シリウスは大きな欠伸《あくび》をした。

「じゃ、明日は早いからもう寝ようか。スノウ、おいで」

「……うん」

手招きされ、共に寝室に向かう。

ベッドの中に入ると、抱きしめられた。口付けをひとつ落とされる。

「お休み」

「……お休みなさい」

温もりに包まれながら目を閉じる。

シリウスは何もしない日でも私と一緒に寝ようとする。別にそれは構わないのだけれど、以前から少し疑問には思っていた。

目を開ける。まだ眠っていなかったシリウスと目が合った。

「うん？　どうしたの？」

「いや、ちょっと疑問があって」

「何？」

続きを促され、気になっていたことを口にした。

どうして抱かない日もここに来るのか。そう言うと、彼はあっさり「スノウを抱きしめて寝ると、気持ちが安らぐから」と答えた。

「安らぐ？」

「うん。スノウと一緒だと熟睡できるんだよ。それにね、私は君を愛しているんだよ？　好きな人とできるだけ長く一緒にいたいと思うのは、そんなに変なことかな？」

酷く優しい目をして言われ、カッと頬が熱くなった。

隠すように俯く。

「べ、別に変ではないと思う……」

「だよね。私は男だから、もちろんスノウを抱きたいと思うけど、欲がない日だって、共に過ごしたいって思う。一緒に話したり笑ったり、こうしてただ抱きしめて寝たり、とかね」

「ふ、ふうん……」

「それだけで満たされるものが確かにあるんだよ。スノウにも同じように感じてもらえると嬉しいけど、まだ難しいかな」

「………」

ギュッとシリウスの服を掴み、彼に抱きつく。

好きとかはまだ分からないけれど、シリウスが言ったことは理解できる気がしたのだ。

ただ話すだけ、抱きしめて眠るだけ。

そんな簡単な行為が、酷く楽しかったり嬉しかったりする。

今だって私は彼の腕の中にいて、心地いいと感じている。心はフワフワとした温かいもので満たされていて、彼が言っているのは多分、こういうことなのかなと思った。

だから言う。

「……私もこの時間は嫌いではないわ」

「スノウ？」

「シリウスにくっついて眠るのは、気持ちいいもの」

「………」

「い、今のは忘れて！　お、お休みなさい！」

ポカンとした彼の顔を見た途端、何だかすごく恥ずかしくなってしまった。

慌てて己の発言を取り消し、寝たふりをする。

深く突っ込まれると困るなと思ったが、シリウスはそれ以上何かを言ってくることはなく、ただ強く私を抱きしめてくれた。

◇◇◇

次の日、私はシリウスと馬車に乗って、ラインベルト公爵家の所領へ向かった。

私たちの他に同乗しているのは、リゲル。

シリウスの側近にして私の幼馴染みである。

立場上、リゲルが一緒に来るのは当然と言えたが、彼を見た途端、眉が寄ったのは許して欲しい。

無言で馬車に乗ったが、私の正面の席に座ったリゲルは何故かずっと私を見ていて、視線がとてもうるさかった。

途中まで我慢したものの、限界はやってくる。思わず言った。

「ちょっと、感じ悪いわよ。何をずっと見てるの」

じとりとリゲルを睨む。彼は即座に言い返してきた。

「は？　誰が誰を見ていたって？　お前は少し自意識過剰なんじゃないか？」

「はああ⁉　誰が自意識過剰だって⁉」

明らかにこちらを見ていた癖にと続けようとすると、それより先にシリウスが言った。

「……スノウ？　リゲルと知り合い？」

声の響きが意外そうだったことからも、知らなかったのだろう。

私はコクリと頷いた。

「ええ。リゲルは私の幼馴染みなの」

「幼馴染み……ああ、前にリゲルが言っていた私の後宮に入った幼馴染みってスノウのことだったのか」

思い当たったという顔でシリウスがリゲルに目を向けると、彼も肯定するように頷いた。

「……はい。スノードロップ・ラインベルトは俺の幼馴染みです」

「世間は広いようで狭いというけど、本当だな。まさか君たちが幼馴染み同士だったなんて。親しい友人なのかな？」

「全く」

私の方を向いて聞かれたので、返事をした。

「幼馴染みというだけで、別に親しくはないわ。そうよね、リゲル」

「……そうだな」

リゲルがふいっと顔を背ける。

その態度が感じ悪く、ムッとした。

「ほら、いつもこんな感じなの。話をしても厭味ばっかりだし」

「そうなの？」

シリウスが目を丸くする。

「意外だな。リゲルは真面目ないい男なのに、厭味なんて言うのか？」

「ええ。前だって、そのままだと嫁の貰い手がない、なんて言われたんだから」

以前のことを思い出しながら告げると、シリウスは「それは酷い」と同意してくれた。

「でしょ」

「リゲル、本当にそんなことを言ったのか？」

「……スノウは希に見る変じ……お転婆女なんです。彼女を受け止められる男なんてそうはいないと言っただけで、別に。その……いざとなったら俺が貰ってやってもいいと思ったし……」

「今！　変人って言おうとしたでしょ！　それに前にも言ったけど、リゲルにお情けで貰われるくらいなら、独身を貫くわよ！」

相変わらず腹立たしい男である。ムッとしたが、何故かリゲルも怒ったような顔で私を見てきた。

「……お前は人の気も知らず……」

「失礼なことを言ったのはそっちでしょ。何で私が責められなくちゃならないのよ」

幼馴染みの気安さから、どうしても口が軽くなる。それはリゲルも同じようで、シリウスの前だというのに、普段しているようなやり取りが止まらない。

「リゲルのばーか」

「そんなだから、嫁の貰い手がないと言ったんだ」

「はあ？」

売り言葉に買い言葉と分かっていたが、イラッときた。そんな私の腰をシリウスが引き寄せてくる。

シリウスとは隣同士に座っていたのだ。バランスを崩した私は彼の肩にもたれ掛かる体勢になった。

「な、何？」

「あんまり仲がいいところを見せられると、モヤモヤした気持ちになるから止めてくれるかな」

「えっ、仲がいい？　冗談でしょ」

ポカンと彼を見る。シリウスは「本当だよ」と言いながら、私の唇に軽く口付けた。

「言いたい放題言える仲ってことでしょう？　なかなかそんな相手はいないと思う」

「そ、そうかもしれないけど、でも、リゲルが失礼なのは事実で」

「嫁の貰い手がないって？」

「そう」

真顔で頷く。シリウスが何故か私の頭を撫でてきた。

「いいじゃないか。それはもしもの話で、現実は私が貰ったんだから。私としては助かったという気持ちしかないよ。君を見つける前に、他の誰かに取られていたら困ったでは済まなかったから」

シリウスがにっこりと笑い、続けて言う。

「お転婆でも大丈夫。どんなスノウでも、私が喜んで貰ってあげるから心配する必要はないよ。

からね」

貰い手がないなんて、こちらとしては大歓迎だ。君のよさなんて、私だけが知っていればいい
「……もう。お世辞はいいから」

甘く囁《ささや》かれ、酷く照れくさい気持ちになった。俯くと、彼が指で顎を引き上げる。

「あれ、もしかして照れてる？」

「シリウスが恥ずかしいことを言うからでしょ」

「恥ずかしい？　そうかな。私は本気だけど」

「ううう……」

「それとも嫌だった？」

「ち、ちが……嫌とかじゃないから」

言った通り、ただ恥ずかしいだけだ。

だってシリウスはどんな時でも言動を変えないから。

相手によって行動を変えたりする人よりはよっぽど信用できるけど、こういう時は照れるし、ほどほどで勘弁してもらいたい。

どこかホワホワとした空気が流れる。だが、そこに水を差す言葉が投げかけられた。

「……お前が照れるとか、明日は槍でも降ってくるんじゃないか？」

「リゲル！」

本当に余計なことしか言わない男だ。

結局、馬車での道中はリゲルの厭味に私がキレて、それをシリウスが宥めるという全くもって意味のない連鎖が繰り返されただけだった。

◇◇◇

私の家。ラインベルト公爵家の領地の視察となれば、宿泊地は当然ラインベルトの屋敷となる。

出迎えたのは父ではなく母だった。

父は財務大臣の仕事が忙しくて、今回こちらには来ていない。それに領地を治めているのは母なので、母が出てくるのは当然のことだった。

私と同じ紫色の瞳がシリウスを見据える。

「シリウス殿下。お待ちしておりましたわ」

にこりと笑う母の圧力が、いつもよりも強いように思えるのは気のせいだろうか。

領主代行として舐められないようにするためだろう。いつの頃からか母は男装を好むようになっていた。

今日も、まるで前世の某歌劇団のような華やかな装いだ。

直線的な男性用衣装は細身の母によく似合っている。

茶色の髪は長いが、きっちりと結い上げて纏めているので、まるで短髪のように見えた。下手な男性よりも男性らしく、そして麗しい。それが私の母なのだ。

弟の姿は見えない。おそらく王都の屋敷にいるのだろう。

母とシリウスは握手を交わしている。シリウスが笑みを浮かべて言った。

「よろしく。二日ほど、世話になるよ」

「ええ、ご遠慮なく。どうぞご自分の屋敷だと思っておくつろぎ下さい」

母が答え、ついで私の方を見た。

「スノウ」

「お母様」

返事をする。母は私を思いきり抱きしめた。

ぐえっという変な声が喉から零れ出る。

「お、お母……様」

力が強すぎると言いたかったのだが、母は気にせずギュウギュウに私を抱きしめた。

これ見よがしに言う。

「スノウ、スノウ、ああ、可哀想に。だから私は反対したのに。あの人が一年だけだから、なんて言った結果がこのザマ。大丈夫？　嫌な目には遭っていない？　ああっ、大事な娘を王家になど嫁がせる気はなかったのに、あのすっとこどっこい！　次、王都に戻ったら、思いきりとっちめてやるんだから」

父に対する恨みが深い。

シリウスを見れば、彼はポカンとした顔をしてこちらを見ていた。

うん、驚くのも無理はない。

私は母を宥めるように背中をポンポンと叩いた。

「お、お母様、大丈夫です。今回のことはちゃんと納得してるので……」

「本当に？　無理やりとかではないのね？」

「違います。違いますから……」

私を心配してくれているのは分かるが、本人の目の前でする話ではない。

母は、不承不承といった態度ではあったが、私を解放してくれた。

そうしてシリウスを真っ直ぐ見つめる。

「娘があなたの正妃と決まったことは、夫から聞いて知っています。もし娘を粗雑に扱うようなことがあれば、ラインベルト公爵家を敵に回すとお考え下さいね。私たちは、望んで娘をあなたの妃候補として送り出したわけではないのですから」

「お母様」

冷え冷えとした声で告げる母を宥めていると、シリウスが真顔で母に答えた。

「肝に銘じるよ。だけど私も真剣にスノウを愛しているから、そこは信じて欲しい」

「本気だとおっしゃるのですね？」

「もちろん。誰よりも何よりも大切にすると誓う」

「そう。その言葉、忘れないで下さいませ」

ジロリとシリウスを一睨みしたあと、母はガラリと態度を変えた。

パンパンと手を叩き、明るい声で使用人たちを呼び出す。

「さあ、皆。殿下をお部屋にご案内してちょうだい。大事なお客様ですからね。殿下、ワイン製造の視察は明日。それまでどうぞご自由にゆるりとお過ごし下さいませ」

先ほどまでの厳しい雰囲気とは真逆の柔らかな笑顔を見せる母に、シリウスは戸惑いつつも頷いた。

「あ、ああ」

「スノウも。久しぶりの実家なのだから、ゆっくりしていきなさい」

「はい」

にこやかに告げる母に頷く。

視界の隅では屋敷に入ってから一言も発しなかったリゲルが、助かったと言わんばかりに息を吐いていた。自分がターゲットにならずに済んでホッとしているのだろう。

実はリゲルは母のことが苦手なのだ。

子供の頃、女だてらに領地経営をする母に余計なことを言って、そのたびにやり込められた記憶があるので、あまり強く出られなくなったらしい。自業自得だ。

部屋へと案内される。

私には自室があるし、シリウスとは別部屋だと思っていたのだが、彼たっての要望で同室なった。

案内された客室は、当たり前だが私には馴染みのない部屋だ。

「へえ……」

自室より格段に広い部屋を観察する。

王子をもてなせるだけあり、置いてある家具類にもかなり気を遣ってある。

己の部屋とは違う雰囲気にもの珍しい気持ちになっていると、シリウスが言った。

「スノウの部屋も見てみたいな」

「えっ、嫌だけど」

「どうして」

不満げな顔をされたが、当たり前ではないだろうか。

いきなり自室を「どうぞ」と案内できる女はそうはいないと思う。散らかっていなくても、事前準備が必要なものなのだ。

「また今度ね」

いつになるかは分からないがそう言うと、シリウスは真顔で聞いてきた。

「……今度、ね。一応聞くけど、リゲルは君の部屋を見たことがあるの？」

「リゲル？　ないけど」

何故、ここでリゲルの名前が出るのか分からない。

そう思いつつ答えると、シリウスは「それなら次の機会を大人しく待つよ」と素直に引き下がった。

何が「それなら」なのか意味不明だと思うも、引いてくれたのは有り難い。

そうして何やかやと過ごすうちにやってきた夕食の時間。

食堂には全員が集まり、母は領主代行としてシリウスをもてなした。笑顔で尋ねる。

「殿下、楽しんでいただけていますか？」

シリウスも愛想よく母に応じた。

「うん、とてもね。スノウが住んでいた場所だろう？　全てが楽しく思えるよ」

「それは宜しゅうございました。せっかくですから、娘の部屋でもご覧になれば如何ですか？」

「お母様！」

余計なことを言う母を睨む。シリウスが笑って言った。

「それはさっき強請《ねだ》ったけど、断られたんだ。また今度だってさ」

「あら、そうなの？　スノウ」

母がキョトンとした顔で私を見てくる。私は母から視線を逸らしながらも口を開いた。

「そ、その……何も準備していないのに見せるのはちょっと」

「……あなたの部屋は使用人たちが綺麗にしていたと思うのだけれど」

「そ、そういう問題ではないんです！　ちゃ、ちゃんとチェックしないと！」

顔を赤くして告げる。母は目を丸くして私を見つめた。そうして何故かにんまりと笑う。

「あら、あらあら、そう。ふうん、あなたも女の子だったってことかしら。でも、そういうことなら仕方ないわよね。殿下、申し訳ありません。娘はどうにも恥ずかしいようですので。ふふっ、また次回のお楽しみということで」

揶揄《からか》われているのが分かるので、余計に恥ずかしい。

——ああもう、早く終わって……！

食事をこんなにも長く感じたのは初めてだ。

泣きそうになっていると、虚無の顔をしたリゲルと目が合い、彼もこの時間を苦痛に感じていることを知った。

こんなところに同士がいたかと嬉しくなり、珍しくも微笑みかけてみるも、すっと視線を逸らされる。

——うわっ、感じ悪っ！

やはりリゲルは敵であると、私は認識を新たにした。

◇◇◇

「つ、疲れた……」

やっと食事が終わり、部屋に戻ることができた。

ベッドに倒れ込むと、シリウスが苦笑しながらその隣に腰掛けた。

「お疲れ様」

「うう、無駄に疲れたわ」

「君の母上、すごい方だね」

身体を起こし、シリウスを見る。にんまりと笑った。

「でしょう？　お父様は、お母様に頭が上がらないの」

「だろうね」

母を思い出したのか、シリウスが納得したような顔をする。

「話していて思ったけど、彼女、下手な男性より胆力があるんじゃないかな」

「私もそう思うわ。でも、とても優しい方なのよ」

夫を愛し、子供を愛する、常に笑顔を絶やさない人だ。

私は母が大好きで、尊敬している。

「財務大臣の職で忙しい父の代わりに、ずっとお母様が領地経営をしているの。お父様は申し訳ないっていつも言ってるけど、お母様はとても楽しそうよ。きっと性に合っているのね」

「……うん。それは少し話しただけでもよく分かった。君は、母親似？」

「さて、どうかしら。容姿は母に似ていると言われるけど」

性格はどうだろう。特にどちらに似ているとかは言われたことがないので分からない。

考えていると、シリウスがしみじみと告げた。

「君がこの家で愛されて育ったというのはよく分かったよ。私にできるのは、君の母上との約束を守ることくらいかな」

「大切にってやつ？　あまり気にしなくていいわよ。お母様も本気で言ったわけではないと思うし」

「そうかな。わりと本気の殺気みたいなものを感じたんだけど」

「気のせい、気のせい」

さすがにそれは言いすぎだと思うので、笑い飛ばす。

母の話はそれで終わったのだけれど、何故か次の話題がリゲルのことになった。

渋い顔でシリウスが言う。

「……今日一番驚いたことと言えば、リゲルとスノウが幼馴染みだったことだよ。ふたりに接点があったなんて知らなかった」

「親同士の仲がいいのよ。でも、それだけ。見ていたんだから分かるでしょう？　私、昔からリゲルには嫌われているんだから」

嫌な気分になりながらも答える。

だが、シリウスの意見は違った。

「そう？　私には、リゲルが君を気にしているように見えたけど」

「え、まさか」

ぶんぶんと否定するように手を振る。

リゲルに限ってそんなことあるわけがない。

「気にしているなら、普通あんな厭味を言わないでしょ？」

「それはそうだけど……でも、私には好きな子についい意地悪をしてしまうって感じに見えたんだけどな」

「えっ」

「スノウもリゲルには言いたい放題言えて自然な感じで……正直、結構嫉妬したよ」

「は？　嘘でしょ。あれで？」

ギョッとする。シリウスが口を尖らせて言った。

「嘘なものか。親しげな様子が見ていても分かるからね。第三者が立ち入れない空気で、嫉妬した」

「…………」

シリウスをまじまじと見つめる。

まさかシリウスがリゲルに嫉妬するとは思わなかった。

驚いていると、シリウスが問い詰めるようにグッと顔を近づけてきた。慌ててリゲルのことを説明する。

「ご、誤解よ。リゲルは単なる幼馴染み。お互い、一切恋愛感情はないわ」

「そうかな。考えてみれば、前にスノウの話を聞いた時、リゲルはずいぶんと君のことを気に掛けていたような気がするけど」

「え、何、その話知らない。というか、ない。ないから。絶対に考えすぎ」

真剣な顔で言うシリウスには悪いが、否定を返す。

シリウスが更に顔を近づけ、私を見てきた。

「本当？」

「本当だってば」

「……そうかなあ。……一応確認するけど、スノウもリゲルのことを何とも思っていないんだね？」

「しつこい。リゲルはただの幼馴染み。それだけ」

「……ふうん」

「何？　疑うの？」

「そういうわけではないけど……じゃあ、証拠を見せてよ」

「証拠……って、どんな？」

何を持って証拠とするのか。首を傾げると、シリウスは私を押し倒してきた。

唇が押しつけられる。舌が口内に潜り込んできた。

舌は舌裏や頬の内側といった性感帯を容赦なく刺激していく。

濃厚なキスが止まらない。音を立てて唾液を啜られ、甘い痺れが背中に走った。

あまりにも長い口付けに、息が苦しくなってくる。

耐えきれず彼の背中をドンドンと叩くと、彼はようやく唇を離した。その隙を狙い、抗議する。

「……ちょ、ちょっと！　もしかしなくても証拠ってこれ⁉」

エッチなことが証拠になるとか、どういうことだ。

さすがにそれはどうなのかと反論しようと思ったが、再度キスで封じられる。

何も考えられないくらい再度口内を貪られたあと、シリウスは情欲を滲ませた瞳で私を見据えた。

「信じたいから、抵抗しないで。――ねえ、スノウ。嫉妬したんだ。私の機嫌を取ってよ」

「っ……！」

耳元で囁かれた声は低く、腰にゾクリと響いた。

ここは実家で、こんなことをするのはよくないと思うのに、彼の欲に煙られた表情を見ていると、それも仕方ないのかなという気持ちになってくる。

「シリウス――」

「愛してる、スノウ。君は私のものだ。誰にもやらない」

「っ！」

覆い被さってくるシリウスを慌てて受け止める。熱い言葉にうっかり嬉しくなってしまった。独占欲を露わにした言葉を悪くないと思ってしまうなんて、私も大概馬鹿だなと呆れながら、彼の背に己の腕を回す。

「仕方ないなあ。でも、ここは実家なんだから、あまり激しくしないで」

「……善処するよ」

「それ、殆ど『ノー』みたいなものじゃない」

返ってきた言葉にクスクスと笑う。

言うことを聞いてくれないのに、全然腹が立たないのが不思議なくらいだ。でも、シリウスに触れられるのを期待している自分がいると知っている。

早く欲しいと思う自分に気づいている。

「じゃあ、最初からやり直しね。……キスして」

自分から彼の頭を引き寄せる。

そうして私とシリウスは、結局かなり遅い時間まで、ふたり仲良く抱き合った。

◇◇◇

「こちらの醸造所は――」

母がシリウスにワインの醸造所を案内している。母の説明を彼は真剣な顔で聞いていた。

シリウスと抱き合った次の日、朝から予定通り視察は行われたのだけれど、私はちょっぴり腰が痛かった。

「……うう」

絶対にシリウスが頑張りすぎたせいだ。腰だけではなく、身体のあちこちが痛かった。

痛み止めは飲んだが、そろそろ効いてくれないだろうか。

痛みに堪えながらも、母に見えないところで腰を押さえる。ふたりは真剣な顔で今年のワインの出来映えについて話していた。

シリウスの横顔をぼんやりと眺める。

――綺麗だよねえ。

整った顔立ちをしているので、気づけば見惚れてしまう。

更には真面目な話をしているため、顔つきがいつもの優しい感じではなくキリッとしたものになっているのだ。

鋭くも真剣な表情は見応えがあるし、格好いい。思わず見惚れていると、シリウスがくるりと振り向いた。

「な、何？」

「いや、視線を感じたから。もしかして私に見惚れてくれたのかな、と」

楽しげに笑われ、カッと頬に朱が差した。

「べ、別に……そんなわけ」

「そんなに顔を赤くして誤魔化すの？　スノウは可愛いよね。ふふ、いくらでも見惚れてくれていいんだよ。そのついでに好きになってくれたらもっといい」

あながち冗談とも思えない言葉を告げ、シリウスが私にむかってウインクをしてくる。

その仕草が普通に格好よくて、うっかり萌えた。慌てて誤魔化す。

「そ、そんなことで惚れるとかないでしょ」

「そう？　でも、スノウの照れた可愛い顔を見れたからよしとするか」

「もう！　真面目に仕事しなさいよ」

照れ隠しに大きな声を出す。だけど顔が熱いので、きっと分かりやすく真っ赤になっているのだろう。

話している間、一切口を挟まなかった母がニヤニヤしながらこちらを見ていたのも輪を掛けて恥ずかしかったし、気づきたくなかった。

シリウスは「はいはい」と適当にいなすと、また母と仕事の話に戻った。

「もう……」

熱くなった顔をパタパタと仰いでいると、後ろに控えていたリゲルが話しかけてきた。

「スノウ」

「？　何？」

振り返る。私の隣にやってきたリゲルが、シリウスに視線を向けながら言った。

「いや、殿下と仲良くやっているんだなと思って。正直意外だった」

「意外って、どういう意味よ」

「……別に」

聞くだけ聞いて答えないリゲルにムッとする。睨みつけると、溜息を吐きつつ答えてくれた。

「そう大した話じゃない。変わり者のお前に付き合えるような男なんて俺くらいのものだと思っていたから意外だっただけだ」

「……変わり者で悪かったわね」

「事実だろう」

「そうかもしれないけど！」

前世の価値観を引き摺っているので、否定はしにくい。

複雑な気持ちになっていると、リゲルがぼそりと言った。

「殿下は、お前に本気なんだな」

「……少なくとも揶揄われているようには感じない。ちゃんと、真剣に向き合ってくれてると思えるわ」

真摯な態度で接してもらえているのは分かっている。だからこそ私も応えてもいいと思ったのだから。

リゲルが私をまじまじと見つめている。

そうして言いづらそうに口を開いた。

「……お前は、殿下のことが好きなのか？」

「えっ」

「どうなんだ」

「えっと……えーと」

どう答えるべきか悩み、結局嘘も吐けず正直に言った。

「……分からない。でも、結婚することを嫌だとは思っていないわ。だって少なくともシリウスは私に厭味を言ったりはしないもの」

「厭味って」

「リゲルみたいなことはしないってこと！　シリウス、ちゃんと優しくしてくれるもの。それって私にはとても嬉しいことなのよ」

目を伏せ、告げる。

そう、シリウスは優しい。

私の話をちゃんと聞いてくれるし、意見を無視したりしない。

それに気持ちをはっきりさせることのできない私を責めることなく待ってくれている。

未だに『好き』の二文字を口にしない私を急かしたりはしないのだ。

それが今の私にとってどんなに有り難いことか。本当に感謝しているのだ。

シリウスのことを想う。

無意識に笑みが零れた。何故かリゲルが妙に傷ついたような顔をしていたが、それに私が気づくことはなかった。

第六章　スノウ、自覚する

視察は無事終わり、私たちは王都へと戻った。

日常が戻ってくる。

シリウスは相変わらず毎日のように私のもとへと通っていたし、後宮にいる女性の数は、日を追うごとに減っていた。

私の派閥にいた女性たちも、ひとり、またひとりと後宮を去って行く。

私が正妃と決まった当初は、これを機に自分も通ってもらおうと考えた子も多かったのだけれど、シリウスが彼女たちに振り向くことはなく、また最近では女官長からも「家に帰りたい者は一年経ってなくても帰っていい」と言われたことで、愛妾として召し上げてもらうことを諦めたようだ。

可能性がないのなら無駄な日々を送りたくないと、皆、さっさと荷物を纏めていた。

それはセシリアも同じで、彼女はかなり早い時期に後宮から立ち去った。

「殿下を見ていれば、スノードロップ様以外に興味がないことくらい分かりますもの。私、勝てない戦いはしない主義なのです。愛妾に召し上げてもらえないのなら、さっさと帰って、嫁ぎ先を探さなければ。行き遅れになるのはごめんですからね」

そう言って、笑顔で辞去の挨拶をして出て行った。

今、後宮に残っているのは、八人ほど。

その中には、意外なことにシャロンもいる。

シャロンは正妃候補として来ているので、正妃が私に決まった時点で家に戻されるのではと思っていた。

彼女は愛妾にはならない。そうするには身分が高すぎるからだ。

だから正妃が決まれば、彼女がここに残る理由はなくなる。正直、すぐにでも帰ると思っていたし、そうしてくれと願っていた。

私を目の敵にしているシャロンとできれば関わりたくない。後宮からいなくなってくれるのなら嬉しいなあと期待していただけに、どうして彼女がまだ残っているのか、意味が分からない。

いる意味はないし、帰っていいと言われているのなら、私なら喜んで帰るのに。

とはいえ、一年制は妃候補の権利でもある。

一年、何もなければ後宮から出なければいけないということは、つまり、一年はいてもいいということと同義。

帰ってもいいが、各々のリミットまでいることも自由なのだ。

シャロンがいつ来たのかは知らないけど、早く一年が過ぎてくれればいいのになと思うばかりだった。

そんなある日の夜。

私は自室のソファで、シリウスの訪れを待ちながらぼんやりと考えに耽っていた。

「…………」

「お嬢様？　ぼうっとしてどうなさったのです？」

「……ええ」

ミラが話しかけてくるも、上の空だ。自分の考えに気持ちがいっていて、彼女の言葉が耳を素通りしていた。

「……お嬢様。あまりぼけっとしていたら、馬鹿みたいに見えますよ」

「……そうね」

久しぶりに聞いたミラの毒舌すら気にならない。

これは駄目だとでも思ったのか、ミラが息を吐き、私に言った。

「……ちょっと厨房へ行って、珈琲とチョコレートでも貰ってきます。もう夜ではありますけど、あまりにもぼーっとしていますので、少しはしゃんとしていただかないと。もうすぐ殿下が来られるというのに」

「ええ……」

「……はあ。いってきます」

ミラは諦めたように言い、部屋を出て行った。

ひとりになり、改めて思索に耽る。

この間、リゲルに言われたことについてずっと考えていたのだ。

視察の時、リゲルは私に『殿下のことが好きなのか』と聞いてきた。

それに対し、私は『分からないけど、結婚は嫌じゃない』と答えたが、いい加減、なあなあにしていないで、答えを出すべきではないかと思ったのだ。

別に結婚なんて愛がなくてもできる。

特に王侯貴族なんて、殆どが政略結婚なのだ。むしろ嫌いな相手でないのなら万々歳というところ。

だから本来なら私だって『好き』とか『嫌い』とか考えなくてもいいはずなのだけれど。

「それじゃ、駄目なんだよね……」

シリウスが本気で私を好いてくれているのを理解している以上、私も本気で彼に向き合う必要がある。

真剣な気持ちを無碍にするのは、相手に対してあまりにも失礼だ。

とはいえ『好きではない』という結論に達したところで、結婚がなくなるわけではないのだけど。

すでに私は彼の正妃として立つことが決まった。これは覆しようのない事実。

だけど、シリウスに対する気持ちをきちんと自覚するのは、ケジメというかひとつの区切りになるのではないだろうか。

そして答え次第では、これからの私たちの関係も変わってくる。

恋人のような関係ではなく、信頼できる家族のような関係を目指す、なんて流れにもなるかも……なんて考えが至ったところで「嫌だな」と思った。

だってそうしたらもう、シリウスのあの甘くも優しい私を好きだという表情を見られなくなるかもしれないのだ。

気持ちが返されない相手に、彼だっていつまでも恋心を抱き続けはしないだろう。彼の今、私に恋をしている瞳は、もっと穏やかな家族を見るものへと変化するだろうし、まるで恋人同士のデートのようにしている天体観測だって、私ひとりで行うものに戻るかもしれない。

「っ！　やっぱり嫌」

理屈ではない。反射的に嫌だと思った。

シリウスのあの優しい眼差しが失われることを絶対に受け入れられなかった。

彼と共に行く、天体観測がなくなるのも到底承服できなかった。

確かに最初はひとりがよかった。

自分以外誰もいないところで星を眺めることに意味があったのだ。でも、シリウスと共に夜空を見上げるようになって、それは徐々に変わっていった。

誰かがいるという心地よさ。

星々について語り合える楽しさ。

でもそれは、誰でもいいというわけではなくて、シリウスではないといけなくて——と、そう考えていた時、扉が開いた。

その音でハッと我に返る。

「ミラ？」

珈琲を貰いに行っていたミラが戻ってきたのだろうか。

でも、そのわりには音が荒々しい。

ミラはいつだって、メイドの鏡のような立ち居振る舞いをする女性なのだ。

だからおかしいと思った私はソファから立ち上がり、扉の方を見たのだけれど。

「……えっ」

部屋に入ってきたのはミラではなかった。

もちろんシリウスでもない。

全身黒尽くめの、目出し帽のようなものを被った男たちが我がもの顔で、部屋に立ち入ってきたのだ。

「あ、あなたたち、何者……」

言葉は最後まで言えなかった。

何故ならいつの間にか私の背後にいた別の男に、薬のようなものを嗅がされたから。

「……あっ……シリウ……」

先ほどまで考えていた男の名前を呼ぼうとするも、それは言葉になることはなく、私は意識を失った。

◇◇◇

「う……ううう……」

うわんうわんと、頭の中に不快な反響音がする。

そのあまりの気持ち悪さに、私は意識を取り戻した。

「……うう……」

最悪な気分だ。

頭は痛いし、吐き気もする。

平衡感覚もなく、今がどういう状況かも分からなかった。

だけど呼吸を整えているうちに、少しずつ記憶が蘇ってきた。

突然、部屋に押し入ってきた男たちに、薬を嗅がされたのだ。そのあとの記憶はないから、おそらく意識を失って、誘拐されたのだろう。

そして今、目覚めた。

「最低……」

意識がはっきりしてきた。まだ頭はグラグラしているが、それどころではない。自分の現状を確認しようとし、眉が寄る。

「えっ……」

私は両手両足が縛られた状態で、転がされていた。

どうやら荷馬車に乗せられ、運ばれているようだ。薄暗い車内。断続的にガタガタと揺れていて、かなり不愉快だった。どこに向かっているのかは知らないが、碌な場所でないことだけは確かだろう。

己の格好を見下ろす。

今日はシリウスと天体観測へ行く予定だったので、ナイトウェアを着ていなかったことだけは救いだった。

ナイトウェアで外に連れ出されるとか、恥の極みである。

「……狭い……」

改めて車内を確認する。

私がいるのは荷台の幌の中。

他の荷と一緒に放り込まれたらしくかなり狭いし、何だか古びた変な匂いもする。

誘拐犯らしき人物は見当たらなかった。御者席にいるのだろう。

「………」

何とか身体を起こす。

一刻も早く逃げなければならなかった。

幸いにも、縄はそこまでキツく締めつけられていない。というか、結構緩かった。

もしかして、正妃と決まった私に傷をつけることに躊躇いがあったのだろうか。それとも大人しやかに育てられた公爵家の令嬢が、こんな場所から逃げられるわけがないとでも、高を括っていたのだろうか。

どちらにせよ、舐めて掛かってくれたことは有り難い。

「………」

緩んだ場所を重そうな荷の角にうまく引っ掛けて、勢いよく引っ張る。それだけで縄は更に緩まった。片手を引き抜く。両手を使えるようになったので、両足の縄も解くことができた。

「よし……」

無事拘束から逃れた私は、幌を少し開けて外の様子を窺った。

「……森？」

馬車は森の中を走っていた。夜ということもあり、相当暗い。だが、暗いということは、見つかりにくいと同義でもある。

平地を逃げるより、身を隠せるという意味ではこちらの方がよほどいいのではないだろうか。

「逃げるなら、今よね」

今ならまだ彼らは私が目を覚まし、自由になったことに気づいていない。

見つかる前に荷馬車から降り、森に身を隠すのだ。

「女は度胸。……えぃっ！」

時間を掛ければ掛けるほど動けなくなると分かっていたので腹を括り、走っている荷馬車から飛び降りた。

「っ……！」

悲鳴をあげそうになるのを必死に堪える。

走行中に降りたのだ。当然、綺麗に着地なんてできるはずもない。

身体中を強く打ちつけたし、ゴロゴロと無様に転がった。

「っ……いったあ……」

全身がジンジンと熱い痛みを訴えている。見てはいないが、あちこちに擦り傷や切り傷ができているのだろう。痣になっているところもあるかもしれない。

それでも何とか身を起こし、這って近くの草陰に隠れた。

それは何故か。馬車が走る音が聞こえたからだ。

行ってしまった荷馬車ではない。別のものだ。

部屋に侵入してきたのはひとりふたりではなかったことを思い出せば、彼らの仲間が乗った馬車も別にあると考えるべき。

「…………」

ひたすら息を潜める。二台目の荷馬車が走り去ったのを確認し、安堵の息が漏れた。

しばらくその場で様子を窺う。

三台目の馬車はさすがに現れなかった。馬車は二台だけのようだ。

「……今の内に……」

このまま隠れていてもいいが、戻ってきた誘拐犯たちに見つからないとも限らない。

少しでも彼らと距離を取るべきだ。

馬車が走ってきた方向に向かって歩き出す。

荷馬車から落ちた時の痛みは未だ激しく私を苛んでいたが、気にしている余裕はない。

必死に足を動かし、小一時間ほどで何とか森を抜けた。

無事に森を抜け出たことにホッとしつつ、さて、次はどうしようかと考える。

王城のある王都ミシラン。その門は南側にある。そこから真っ直ぐ走ってきたと考えれば、向かうは北だ。だがもし違った場合、全く頓珍漢な場所へ行ってしまう可能性もあった。

「でも、王都から一刻も早く離れたいなら南へ向かうわよね。南に走れば、港町にも着くし」

王都の南には大きな港町があり、夜中でも船が出航している。それを使って……というのは十分考えられた。

「彼らが私をどんな目的で誘拐したのか謎だけど、悩んでいる暇はないし」

私の考えが合っているかは分からないが、一か八かだ。とりあえず、南にいると仮定し、北へ向かおう。そう決めた。

「……となると、……」

空を仰ぐ。綺麗な星空が私を歓迎していた。

「セイディアスは……と、あそこね」

セイディアスというのは、地球で言うところの北極星のような存在だ。

常にほぼ真北を指し示している星。

古い文献にしか記述がないので専門家しか知らないだろうが、前世、今世と、ひたすら天体について勉強していた私には分かる。

北がどちらか判明したので、そちらに向かって歩く。

自分の予測が合っているのかかなり不安だったが、しばらく歩けばそれも解消された。

遠目にだが、王都の灯りと王城の尖塔が見えたからだ。

「よかった……！　北で正解だったんだ」

自分の考えと勘が合っていたことに心から安堵した。どうしても気持ちが急いてしまう。

「……あとは……王都の入り口まで行ければ……」

警備兵が詰めているから身分を明かせば、保護してもらえるだろう。

ズキズキする身体の痛みを無視し、できるだけ早足で歩いた。

もう真夜中だからか誰もいない。

歩いているのは広い野原だ。周囲に動くものはなく、辺りはしんと静まり返っている。

——と、急に背後からガタガタという音がした。

ハッとし、振り返る。

荷馬車が二台、こちらに向かってものすごい勢いで走ってきていた。

私が逃げたことに気づいたのだろう。引き返してきたのだ。

ここで再度捕まれば、今度こそ逃げられないようにされてしまう。

「まずい……」

痛いなんて言っていられない。必死に走るも荷馬車はすぐに私に追いつき、囲むようにして止まった。

「あ、あなたたち……」

「よくも逃げ出してくれたな。明るくなる前に船に乗せちまおうと思ったのに」

二台の荷馬車から、八人の男が降りてくる。全員が目出し帽のようなものを被っていた。

じりじりと男たちが詰め寄ってくる。彼らから何とか逃れようとするも、囲まれてしまえば、逃げ道はなくなる。

「全く、手間を取らせやがって」

男が吐き捨て、私に手を伸ばす。

「っ……！　シリウス……！」

反射的に呼んだのは、シリウスの名前だった。彼が来るわけない。それが分かっていても呼んでしまったのだ。誰よりも何よりも彼に助けて欲しかった。

「夫の名前を呼ぶとか、殊勝なところもあるんじゃねえか。まあ、助けを求めたところで無駄だけどな」

男たちが馬鹿にしたように笑う。そうして勝利を確信した顔で再度私に手を伸ばしてきた。

「っ！」

思わず身を硬くさせる。

もう駄目か……そう思った時だった。

王都の方角から、勢いよく複数の馬の足音が聞こえてきた。音からしても全速力で駆けているのが分かる。そしてそれと同時に人の声も聞こえた。

「スノウ！」

「えっ⁉」

聞こえた声は、今一番私が聞きたかったシリウスのものだった。

パッと声のした方を見る。

白馬に乗ったシリウスが、ものすごい勢いでこちらに向かってきていた。その後ろには、同じく馬に乗った兵士たちが何十騎と従っている。

「シ、シリウス……」

——どうしてここに。

目を丸くする。

驚いたのは私だけではなく、誘拐犯たちも同様だった。彼らは焦ったように身を翻す。

「お、おい。ヤバいぞ。逃げろ」

「どうするんだ。そこの女は！　外国に売り飛ばすんじゃなかったのか！」

「うるせえ、命あっての物種だ！　前金は貰ってるから損はしねえ！　いいから捨て置け‼」

多勢に無勢であることが分かったのか、男たちが荷馬車に飛び乗る。

シリウスが叫んだ。

「逃がすな！　ひとり残らず捕らえろ！」

シリウスの命令に兵士たちは威勢よく応え、愛馬に鞭を振るう。馬たちは速度を上げ、あっという間にシリウスと私を追い越した。走り出した荷馬車を追いかけていく。

それを呆然と見送った。

逃げられないと悟ったのか、荷馬車から誘拐犯たちが飛び出し、獲物を振りかぶる。

だが、数で負けている上に、技量も違う。ひとり、またひとりと捕らえられていった。

「…………」

「スノウ、大丈夫⁉」

男たちが捕まっていくのを唖然としながら見つめていると、少し遅れてシリウスがやってきた。

乗っていた馬は残っている兵士に預けてきたようで、こちらに向かって走ってくる。

「シリウス……」

「ああ、よかった。君が無事で……！」

「っ……」

思いきり、抱きしめられた。

腕の力は痛いほどで、そして少し、震えていた。シリウスがどれほど私を心配してくれていたのか、もうそれだけで十分すぎるほど理解してしまう。

「シリウス……わ、私は大丈夫だから」

彼を落ち着かせるように、その背中をポンポンと叩く。だけど、身体は正直だ。

シリウスが来てくれたことで緊張が解れたのか、ガタッと力が抜けてしまった。

「あっ……」

膝から頽れそうになる私を、シリウスは力強く受け止めてくれた。

私が立てないことに気づいたのか、抱えてくれる。

「シ、シリウス……」

「腰が抜けたのかな。怖い思いをしたのだから当然だよ。ごめん、来るのが遅くなった」

「……ううん」

シリウスの青い目に見つめられ、そんなつもりはなかったのに目が潤む。

勝手に涙が込み上げてきたのだ。

今まで怖いという感情が麻痺していたのだろうか。止まっていたものが急に溢れ出し、制御できなくなった。

「わ、わ……私……」

ほろりと涙が零れる。

それで全てが決壊した。

一度泣いてしまうと堪えようがなくて、私はわけも分からず嗚咽を漏らした。次から次へと涙が溢れ、頬を伝い、流れ落ちていく。

シリウスに胸に顔を埋め、ただひたすら泣いた。

自分でもどうして泣いているのか分からない。でも、止まらないのだ。

シリウスは私が泣き止むまでの間、ずっと黙って私を抱えてくれていた。

「……ごめんなさい」

ようやく涙が止まると、今度は猛烈な羞恥に襲われた。

いい年をして、大泣きをしてしまった。あまりにも恥ずかしくて、私はか細い声で謝った。

「謝らなくていいよ。……もう大丈夫？」

「……うん」

鼻を啜る。

結構長い時間泣いていたのだろう。いつの間にか大捕物劇は終わっており、誘拐犯たちは全員捕縛されていた。

シリウスが静かに聞いてくる。

「聞かせてくれる？　何があったのか」

「……うん」

とは言っても、私に話せることなんて殆どない。

私は、ミラが席を外した後に男たちが入ってきて薬を嗅がされたのだと、自分の身に起こったことをそのまま話した。

「気づいたら荷馬車に放り込まれていたから、縄を解いて荷馬車から飛び降りて……あとはセイディアスを見つけて北へ向かって歩いたの。多分、南に向かってるんじゃないかと予測して」

「無茶をするなあ。その途中で、彼らに見つかった……ってところ？」

「ええ。あっ、ミラは？　ミラは大丈夫だった？」

珈琲を取りに行くと言っていたミラのその後が気になり、シリウスに聞く。

彼は頷き、私に言った。

「安心して。傷ひとつ負ってないから。というか、私に君のことを教えてくれたのは彼女なんだ」

「え……」

そうして聞かされた話によれば、後宮へ向かうため、のんびりと歩いていたシリウスを、血相を変えたミラが走ってきて、事の次第を聞かされた、とのことだった。

「顔色を変えて『お嬢様が誘拐された』ってね。慌てて彼女と一緒に後宮に向かえば、警備の近衛兵は全員倒れているし、残った女性たちは恐怖に身を寄せている。誘拐犯たちは最初から君狙いだったようで、入り口から入ってきた彼らは真っ直ぐに君の部屋を目指したそうだ」

「……私の部屋を狙って？」

「うん。そうして君を攫っていった。君のメイドは地下で作業をしていて、事件に気づくのが遅れたと言っていたよ。彼女が気づいたのは、君が攫われたあと。すごいのは誘拐犯を追うのではなく、私に連絡を取ろうと動いたことかな。驚く私に『どうかお嬢様を助けて下さい』と縋ってきてね。……彼女、本当に君のことを大切に思っているんだね」

「……ミラは私の大事なメイドだから」

「君が彼女を連れてきたのも当然だと思ったよ」

私を抱き上げたシリウスが預けている白馬の下へと向かう。少し下ろすよと言われて頷いた。

「事態を知った私は、急ぎ兵士たちに命令を下した。私の妃を攫った不届き者がいる。どこかで怪しい者は見なかったか、目撃情報を集めろとね。すぐに情報は上がって来たよ。つい先ほど、怪しげな幌馬車が二台、急ぐように王都を出たとね。真夜中なのに、ずいぶんと焦った様子だったそうで気になっていたらしい。まるで夜逃げでもしているようだと。時間的にもほぼ間違いない。それで、幌馬車が向かった方角に兵士たちと共に馬を走らせたんだ」

「そうだったの……」

「必死だったよ。君に何かあったらどうしようって、そればかり考えていた」

また目が潤む。

持てる手段を全て使い、私を追いかけてきてくれたのだと知り、涙が出るほど嬉しかった。

シリウスが先に馬に乗る。私に向かって手を伸ばしてきた。

「ほら、掴んで」

「ええ」

また溢れそうになる涙を拭う。ぐっと馬上に引き上げられ、シリウスの前に横乗りになった。馬には乗ったことがないので緊張したが、シリウスがしっかり支えてくれているので怖さはない。

「とりあえず、後宮に戻ろう。皆、心配してる」

「そうね……」

白馬が歩き出す。安定感があるわけではないので走られると怖いなと思ったが、彼は急かせるつもりはないようで、ゆっくりとした動きだった。

周囲には五名ほど馬に乗った兵士たちがいる。護衛なのだろう。

皆、厳しい顔つきをしている。その中のひとりが馬を寄せ、シリウスに何か耳打ちをした。

「殿下――」

「ああ、なるほど。やはりか。後宮は？」

「ご命令通りに」

「分かった」

小声で会話を交わしたあと、兵士が離れていく。シリウスが何事もなかったかのような顔で私に言った。

「スノウ、体調は大丈夫？　怪我は？」

先ほどの会話が気になったが、何も言わないということは、私が聞いてはいけないのだろう。

そう思った私は、素直に彼の問いかけに答えた。

「体調は平気。怪我は……馬車から飛び降りた時に、多分あちこちすりむいたと思うけど、それ以外はないわ。薬を嗅がされて目覚めたあとはすぐに逃げ出したから、酷い目とかにも遭わされていない」

「誘拐自体が酷いことなんだけどね。あとで侍医を呼ぶから、怪我の治療は受けて。分かった？」

「分かったわ」

返事をし、そっとシリウスを見上げる。手綱を握った彼は厳しい表情で、真っ直ぐに王都の方角を睨みつけていた。

まるでそちら側に己の敵がいるのかと思うほどの気迫を感じる。

だけど私はこんな時だというのに、彼の真剣な表情に妙に惹きつけられていた。

ドキドキする。やけに彼が格好よく見えて仕方なかった。

「何？」

視線に気づいたシリウスがこちらを見る。

何となく恥ずかしくなった私は彼の胸に顔を埋めた。

「う、ううん。何でもないの」

見惚れていたなんて言えるはずがない。

シリウスもそれ以上追求してこなかったので胸を撫で下ろしたが、そこでハッとした。

肝心なことを言っていなかったことに気づいたのだ。

そろそろと顔を上げる。

ひとつだけ、どうしても言っておかなければならないことがある。

「シリウス」

「何かな」

名前を呼ぶと、彼は柔らかい声で返事をしてくれた。穏やかな響きに勇気づけられる。

私は彼の目を見て、その言葉を口にした。

「……ありがとう。来てくれて嬉しかった」

言わないといけなかったのは、お礼の言葉だ。

助けに来てくれたシリウスの顔を見た時、すごくホッとした。

もう大丈夫なのだと、誰に言われずとも信じられた。

本当に嬉しかったのだ。

だからちゃんとお礼を言っておきたかった。私が感謝しているのだと、言葉にして伝えたかった。

「……当たり前だよ。君を助けるのは私以外にいないから」

シリウスの言葉に微笑む。彼の真摯な思いが嬉しかった。

空を見上げれば満天の星空。

美しい星空の下、私たちはゆっくりと馬を走らせ、王都へと戻った。

◇◇◇

王城へと戻ってきた。

シリウスは城門で馬を預けることはせず、後宮まで乗って行くことを選んだ。

後宮はパッと見、いつも通りで特に変わった様子はない。

ただ、警備の近衛兵の面子が変化していた。シリウスの話では、元の兵たちは昏倒させられていたということだったから、急ぎ別の人員を派遣したのだろう。

彼らはシリウスと私を認めると、一様に安堵の表情を浮かべた。

「殿下……！　スノードロップ様も、よくぞご無事で」

ふたりほどが駆け寄ってくる。彼らに手伝ってもらい、馬を下りた。シリウスも下馬し、馬を近衛兵に預ける。

鋭い目で彼らを見た。

「後宮の様子は？」

「特に変化はありません」

「そう。出て行った者もいない？」

「おりません」

近衛兵からの報告を聞き、シリウスは頷いた。そうして私に手を差し伸べてくる。

「中に入ろう」

「ええ」

手を取り、後宮へと入る。

後宮の中も特に荒れた様子はなく、誘拐犯たちが本当に私だけを狙っていたことがよく分かった。扉が開いた音を聞きつけ、残っていた妃候補たちや女官、そしてミラが顔を出した。

その表情は憔悴しきっていたが、私に気づくとパッと明るくなる。

「お嬢様……！　よくぞご無事で……！」

「ミラ……！」

駆け寄ってくるミラを抱きしめる。彼女は自分を責めるように謝罪の言葉を紡いだ。

「申し訳ありません。私が席を外した隙に、こんなことになるなんて」

「ミラが悪いんじゃないわ。だってミラはシリウスに助けを求めに行ってくれたのでしょう？　お陰ですぐに来てもらえたの。すごく助かったんだから」

「お嬢様……ですが」

「いいの、もう。無事だったんだから、あれこれ言うのは止めにしましょう。ね？」

「……はい」

納得しがたいという顔をしつつも、ミラが頷く。抱きしめた腕を解くと、彼女は私のすぐ側に待機した。その間にも、人は集まってくる。最後にやってきたのは、シャロンだった。

澄まし顔で大階段を降りてきた彼女は、私の姿を見て、ほんの一瞬だけど目を丸くした。

「まあ……」

まるで、私がこの場所にいるのがおかしいと言わんばかりの声だ。それだけで今回の主犯が誰だったのか、分かった気がした。

シャロンはすぐに何事もなかったかのように取り繕うと、私に言った。

「あら、誘拐されたと聞いたのに、ずいぶんと元気そうね」

「……お陰様で。シリウスが助けに来てくれたから」

「……そう」

素っ気なく振る舞っているが、どこか苛ついているようにも見える。そんな彼女の前にシリウスが立った。

「シリウス？」

「私が彼女と話す。スノウは私の後ろにいて」

「……はい」

どこか逆らい難い雰囲気を感じ、言われたとおりに下がる。

彼が今から何をするのか、言われずとも分かるような気がした。

シャロンは小首を傾げ、シリウスに言った。

「殿下が、私に何のご用でしょう？」

心当たりなど何もないと言わんばかりの彼女に、シリウスは静かに告げた。

「シャロン・レイテール公爵令嬢。お前が、スノウ誘拐を命じた張本人だな」

「……まあ」

あまりにも直接的すぎる言葉だったが、シャロンは全く動じなかった。わざとらしく目を見張っている。

「誘拐犯たちが口を割った。自分たちは頼まれただけで、依頼してきたのはお前だと」

「……あらあら」

「スノウを誘拐し、殺させるつもりだったと聞いている。彼らはもう一儲けするために、彼女を外国へ売り飛ばそうと考えていたみたいだが。……言い訳をするのなら一応聞くが、すでに犯人たちから証言を得たあとだ。見苦しい真似は止めた方がいい」

「……私に罪を押しつけるために、彼らが嘘を吐いただけかもしれません。殿下ともあろうお方が罪から逃れたい彼らの証言を信用なさるのですか？」

シャロンが冷静に反論する。シリウスは彼女の言葉に頷いた。

「もちろん信用する。何せ証拠があるからな。このネックレス、見覚えがないとは言わせない」

シリウスが取り出したのは赤い宝石のついたネックレスだった。

彼女の胸元に輝いているのを何度も見たことがある。

よほど気に入っているのだろうと思っていたけれど、どうやら彼女はそれを前金代わりに渡していたようだ。

大切なものを前金代わりに渡す。それはつまり、私に対する憎しみが相当なものであるということになるのだけれど。

——私、ここまでされるほど、シャロンに嫌われていたの？

嫌われていることは知っていた。だけど、死ぬことを望まれるほどだったなんて。

愕然としていると、シャロンは深いため息を吐いた。開き直ったように言う。

「……だから嫌だったのよ。でも、あいつら、そのネックレスを前金にくれないのなら引き受けないって言うから。身バレの可能性があるものなんて渡したくなかったのに」

忌々しげに呟くシャロンを見つめる。彼女はあっさりと言った。

「簡単に私の名前も出したみたいだし、やっぱり駄目ね。もっと時間を掛けて、ちゃんとした暗殺者を雇うんだったわ。……一刻も早く目障りなその女をどうにかして欲しかったから、あいつらに頼んだけど大失敗」

「お前が主犯だと認めるんだな？」

「認めるしかないでしょう。そのネックレスは、二年前の誕生日にお父様が私のために用意してくれた特別なものだもの。調べればすぐに出所は分かるわ。言い逃れできるような品じゃない。さっさと処分するなり売るなりしてくれたら、なくしたとでも言い訳できたのに、持っていたなんて本当に使えない奴らだわ。しかも外国へ売り飛ばすですって？　私は殺せと命じたのに、これじゃあ話が違うじゃない」

吐き捨てるように言い、シャロンは私を見た。そうして告げる。

「ほんっと、ここまでしたのにどうしてピンピンしてるのよ。私の予定では、生きて帰ってくるはずはなかったのに」

本気で不思議そうに言われた。シリウスが私を庇うように立ち位置を変える。

「……どうしてスノウを狙った。彼女が死ねば、自分が私の正妃になれるとでも思ったのか」

「違うわ」

シリウスの問いかけに、シャロンは否定を返した。

「正妃なんてどうでもいい。ただ、私は許せなかっただけ。こんな高位令嬢とも思えないような女に私が負けたという事実が。だから殺そうと思ったのよ」

「高位令嬢とも思えない？」

「ええ」

シャロンが私を見る。その目には軽蔑が滲んでいた。

「公爵令嬢のくせに、格下の女たちとまるで対等であるかのように付き合うのも苛ついたし、大人しくせず、フラフラと好き勝手外に出るようなところも嫌いだったわ。それに……知っていたかしら？　この子、あろうことか、夜に後宮を抜け出していたのよ。それも何度も。そんな子に公爵令嬢として正しくある私が負けるとか、あり得ないでしょう。負け犬として後宮を追い出されるなんて、そんなの許せるはずないじゃない」

淡々と告げられた言葉を聞き、耳が痛いなと思った。

というか、シャロンは私が夜にこっそり外に出ていたことを知っていたのか。

私の行動が公爵家の令嬢らしくないというのは散々言われていたことだし、自分でもそう思うからシャロンの言葉を否定できなかった。

シャロンは私を睨みつけながら続ける。

「そもそもあなたみたいな変な子に、アウラウェイン王国の王太子妃なんて務まらないわ」

「……私が王太子妃に相応しくないというのは、確かにその通りだとは思うけど」

自分でも似合わないなと思うので、同意する。だが、シリウスが食い気味に否定した。

「は？　何を言っているの？　君以外に私の妃は務まらないけど？」

「いや、私、わりと邪道なところがあるのは自覚してるから。シャロンの方が公爵令嬢として正しいのは本当だと思う」

己より身分が低い者を従えることをよしとし、日々を誇り高く過ごしていた彼女は、まさに公爵家の令嬢と呼ぶべき人だった。

フラフラ落ち着きもなく、慕ってくれるセシリアたちに対しても友人のような関係性で、しっかり線引きできていなかった私の方が間違っている。

だが、シリウスは頷かなかった。

「それでも私は、スノウ以外は嫌だ」

「……本当、それが一番ムカつくのよ」

シャロンが吐き捨てるように言う。

王太子であるシリウスに対して敬う姿勢を見せないのは、すでに己の企みが暴露しているからだろう。

「あなたがこの子を選ぶということは、私が負けるのと同義。こんな変人に私が負けるなんてあり得ないわ。でも、事実としてあなたはこの子を選んでしまった。それならどうするか。なかったことにするしかないわよね」

「……それでスノウを殺そうとしたのか」

「ええ。でも、別に私を選んでくれなくてもいいのよ。この子以外の『まともな』女であれば私も黙って引き下がったわ。この子だったから許せなかっただけ」

『まとも』という言葉を強調するシャロン。

私が人と少し変わっているのは事実で、自分でも自覚していたけど、それをここまで許せないと考える人がいるなんて思いもしなかった。

「私……」

「目障りなのよ、あなた。私、見ていたから知っているわ。本当は『らしく』しようとするのならできたでしょう？　それをせず、自由に振る舞う姿が死ぬほどムカついた。その上で更に、王太子殿下に選ばれる？　冗談じゃないわ。人生そんなに甘くないって、少しは思い知ればいいのよ」

「……っ」

図星を突かれたと思った。

シャロンの言う通りだ。私は、本当は『らしく』しようと思うのなら、できていた。できていたのにやらなくて、自分らしさを取り続けていたのだ。

でもまさかそれをシャロンに気づかれているとは思わなかった。

愕然とする私を見て、シャロンが笑う。

「バレていないとでも思っていた？　あはは、いい気味だわ」

「……もういい。近衛兵。その女を捕らえろ」

シリウスが近衛兵に命じる。様子を窺っていた兵たちは、彼の命令に従い、シャロンを拘束した。

彼女は特に逆らわず、じっと私を睨んでいる。

そんな彼女の名前を呼んだ。

「シャロン」

「話しかけないで。同情も謝罪も弾劾すら、あなたからは欲しいと思わないから」

「………………」

「初めて見た時から思っていたの。私、あなたのことが嫌いだわ。公爵令嬢として生まれ、何不自由なく育っておきながら『らしく』装うことすらせず、自儘に生きるあなたのことが大嫌い」

　ふんっとそっぽを向くシャロン。

　シャロンは近衛兵たちに引っ立てられていったが、私はその背中に向かって声を掛けた。

「私はあなたのこと、嫌いじゃないわ」

「…………」

「鬱陶しいとは思っていたけど。だってそうでしょう？　関わるなと言うわりに、そっちからは好き放題関わってくるんだもの。正直言って面倒臭かった。でも、決して嫌いじゃなかったの」

　私のストレスの主たる原因は間違いなくシャロンだったが、それでも嫌いではなかった。

　それを彼女に伝えたかった。

「……私は嫌いよ、大嫌い」

「ええ、それで構わないわ。あなたの言ってること、間違っているとは思わないから。でも、あなたが嫌いだからといって、私も嫌いになる必要はないわよね」

　嫌いに嫌いを返すのは簡単だ。でも、私はそうしたくなかったし、彼女を嫌ってなんていないから。

「私はあなたと、仲良くなりたかったのかもしれない」

　いがみ合うのではなく、楽しく話せればよかったのに。

そう思いながら告げると、シャロンは振り返り、私に言った。

「そういうところが嫌いなのよ」

そう言い捨て、兵士たちと共に後宮を出て行く。

兵士に連れられていく彼女はしゃんと背筋を伸ばしており、その姿は誇り高い公爵令嬢そのもので、やっぱり私はシャロンを嫌いにはなれないなと思った。

◇◇◇

シャロンが連れて行かれたあと、私はシリウスが連れてきた侍医の治療を受けた。

幸い、怪我はどれも掠り傷で、数日もすれば完治する程度のものばかりだった。

だがもう夜も遅い。すでに深夜と言っていい時間になっている。

こちらに残ると思ったシリウスは、やらなければならないことがあるらしく、侍医と一緒に本館に戻っていってしまった。

「先に寝ていて」と言われたが、そんな気になれない。

一応、ベッドに入ってはみたが、意識が冴え渡っていて、どうやったって眠れなかった。

「…………」

溜息を吐き、ベッドから起き上がる。駄目だ。

寝ようと思えば思うほど、眠れない。

諦めて夜着から外出用のドレスに着替えていると、気配を察知したのかミラが自室から顔を出した。

私を見て、眉を寄せる。

「お嬢様？　お着替えをなさっているようですが、どちらへ行かれるおつもりなのです？」

「……眠れないからちょっと散歩に出掛けようかと思って」

すっとミラの目が据わった。

「お嬢様は先ほど誘拐されたばかりだということをもうお忘れですか？　頭に脳みそは詰まっていますか？」

「あう……」

酷い毒舌だが、心配されているのは分かっているので腹は立たない。でも、眠れないのだから仕方ないではないか。

外の空気を浴びれば、眠気もやってくるかもしれないと思ったのだ。

「……庭に降りるだけだから許して。さすがに後宮の外に出るつもりはないわ」

いつもは後宮から抜け出して夜空を眺めるが、さすがに誘拐騒ぎがあった直後にひとりで出歩こうとは思わない。

だけど後宮の庭くらいならギリギリ許されるだろう。そう考えたのだ。

「……後宮内におられるんですね。それならまあ。ですが、気をつけて下さいね」

ミラはあまりいい顔をしなかったが、結局は目をつぶってくれた。

後宮から出ないと言ったことが功を奏したのだろう。

すぐに戻るからと告げ、部屋を出る。

歩きながら階下を覗く。広間が見えたが、真夜中だからか真っ暗だ。女官の姿すら見えない。

もしかしたら起きているのは私だけかもしれない。

音を立てないように大階段を下り、庭へと降りる。皆が寝静まった時間帯ということもあり、とても静かだ。

「……はぁ」

庭の真ん中で立ち止まり、息を吐く。ぼんやり空を見上げていると、後ろから声がした。

「……こんな時まで外に出るの？　懲りないね」

「シリウス」

振り返ると、やはりと言おうか、呆れ顔をしたシリウスが立っていた。

「用事があったんじゃなかったの？」

「終わったよ。君が心配で、急いで終わらせてきたんだ。まさかもう星を眺めているとは思わなかったけど」

「どうしても眠れなくて……」

素直に告げると、シリウスは「あんなことがあった後だから、仕方ないよ」と言い、噴水前に設置されたベンチを指さした。

「星を見るのなら、ここに座ろう。……まだ部屋に戻りたくないんだろう？」

「……ありがとう」

私の気持ちを汲み取ってくれたシリウスに礼を言う。

ふたりでベンチに腰掛ける。また、空を見上げた。シリウスは何も言わない。ただ、私に寄り添ってくれている。

「……私って、変でしょ」

しばらく黙って星空を眺めていたが、何となくもういいかという気持ちになって口を開いた。

シリウスが言葉を返す。

「変って、どういう意味？」

「……シャロンが言っていた通りのこと。私ってあまり公爵令嬢らしくないでしょって話。自分でも分かってるの。自覚してる」

ポツポツと話す。

前世を思い出した頃から、私は周囲から変人扱いされていた。

それは何故か。前世の価値観を引き摺っていたからだ。

こちらの世界とはあまりにも常識が違いすぎると分かっていたのに家族が私を受け入れてく

れるから、ならばいいかと開き直った。多分、それがいけなかったのだろう。もう遅いけど。

「理解しても直そうとは思えない。シャロンも言ってたでしょ。『らしく』できるのにやらないって。その通りだわ。だって私、今の自分が嫌いじゃないもの。今更、わざわざ被りたくもない仮面を被ろうなんて思わない」

「……うん」

シリウスが相槌を打つ。ただ話を聞いてくれているだけなのが有り難かった。

「でも、それじゃあ駄目なのよね。私や家族はよしとしてくれても、他の人たちが許さない。皆、私を見て眉を顰めるのよ。さっきのシャロンみたいに。そして言うの。『この子はおかしい』って。『ちゃんとやらない』って。私からしたら『他人のことなんて放っておいてくれ』でしかないんだけど、これがそうはいかないのよね。絶対に、皆、忠告してくるの。……それはこれからも同じ。また今日みたいなことが起こるわ」

今まで別に気にしていなかったし、単なる公爵令嬢というだけならよかったのかもしれないけれど、これから王太子妃になろうという女がそれでは拙い。

変わればいいだけだと思うかもしれない。でも、本当に『今更』なのだ。それにやったところで、一時的な取り繕いにしかならないのは分かっている。だって、取り繕えても根本的なところは変えられないのだ。どうしようもない。

「私を妃にしたところで、きっといいことなんて何もないと思うわ。むしろ困らせることの方が多いかもしれない。それでもいいの？」

シャロンの『嫌い』を聞いてから、ずっと思っていたことを告げる。

私はシリウスの妃になることを嫌だとは思っていないけれど、そのことで彼が不利益を被るのは違うから。

私が正妃になることはもう決まったことではある。だけど、どうしても彼に聞いておきたかったのだ。

——馬鹿ね。嫌だと言われたら、何と答えるつもりなのよ。

自分にとって都合のいい答えが返ってくると決まったわけでもないくせにこんなことを聞いて、どうするのか。

もし拒絶されたら、傷つくのは分かっているのにどうして聞いてしまったのか。

分からない。

でも、聞きたかったのだ。それは理屈ではなく本能的なもの。

じっとしていると、隣に座っていたシリウスが、不意に私の手を握った。

「シリウス……？」

彼に目を向ける。シリウスは真っ直ぐに私の目を見つめていた。青い瞳が、まるで星の輝きのように思えて鼓動が高鳴る。

「別に構わないよ」

「……え」

「別に構わない。君が変人で、周囲に何を言われようと、私は気にしないってそう言ったんだ」

「シリウス……」

目を丸くする。穏やかに告げられた言葉には力が籠もっていた。

「だって私はそんな変な君に救われたんだからね。流れ星を不吉ではなく幸運を運ぶものだと言ってくれた変人の君に。だからむしろ変なままでいてくれないと困るよ」

「……困るんだ」

「うん。困る。大体、今更普通に戻られてもね。それって、私の背中を見て悲鳴をあげるってことでしょう？」

「背中？　だからあれは綺麗だって言ってるじゃない。悲鳴なんてあげるわけがないでしょ」

「うん。だから私も君がいいって言ってるんだよ。綺麗だなんて言ってくれる人は、君以外誰もいないんだから」

「…………」

「私と一緒にいてよ、スノウ。これからもずっと。——愛しているんだ、心から」

真剣な顔つきで告げられる。シリウスが本気で言ってくれているのが伝わってきた。

変な私でいい。

変な私だから好きだと、そう言ってくれる彼に惹きつけられた。

そしてそれと同時に私の中にあった何かが、ストンと音を立てて落ちたことにも気づいた。

――あ……。

突然、不思議なくらい素直に、シリウスのことが好きだと認めることができた。

――私、この人のことが好きなんだ……。

ずっと分からなかった自分の気持ち。

シリウスのことを好きなのか、そうではないのか。その答えが今、彼の言葉によって導き出されたような気がする。

「あ……！」

自覚したばかりの気持ちに戸惑っていると、ふと、星が流れていることに気がついた。

予告になかった流れ星は、すいっと夜空を滑り落ちていく。

「シリウスっ！　流れ星よ！　願い事‼」

慌てて彼の服を引っ張り、流れ星を指さす。そうして心の中で願い事を告げた。

星が落ちきる前に、何とか三度言い終える。

ホッと胸を撫で下ろしていると、シリウスが「えっと……」と言った。

「何？」

「いや、予告のない流れ星ってより不吉だって話、知らない？」

基本、流れ星は天文観測部の占星術師が予告する。だがごくたまに、彼らが見落とすものがあるのだ。そして運悪くそれを見てしまうと、より不幸に襲われる……なんて言われているのだけれど。

「知ってるけど、前にも言ったでしょ。私にとって流れ星は幸運を呼び込むもの。むしろ予想外の流れ星なんてラッキー以外の何者でもないでしょ。得したわ！」

心から告げると、シリウスはポカンとした顔で私を見つめ、何故か大笑いし始めた。

「ははっ、あははっ……ああもう、君って人は最高だよ」

「？」

「だから私は君が好きで、君がいいって思うんだ」

笑いを納め、シリウスが優しい顔で聞いてくる。

「それで私の大切なお姫様は、幸運の流れ星に願い事を言い切ることはできたのかな？」

「えっと……ええ、言えたわ。叶うかは分からないけど。シリウスは？」

彼も願い事を言えたのだろうか。そう思い聞き返すと、シリウスは言った。

「私の願い事を叶えてくれるのは、君だから。——ねえ、さっきの答え、聞きたいんだけど」

「……答え？」

「もう忘れちゃったのかな。君がいいから、ずっと私の側にいてって言ったでしょう？」

「っ……！」

笑顔で告げているが、どこか声に緊張が滲んでいる。

シリウスがじっと私を見つめてくる。その表情には懇願のようなものがあり、彼が私の答えを求めていることが伝わってきた。

「……………」

少し考える。

先ほど、答えは出た。

私はシリウスが好き。彼と一緒にいることを私だって望んでいる。

それなら、私がやるべきことはひとつだ。

グッとシリウスの胸元を掴み、私の方へと引き寄せる。そうして自分から唇を重ねた。

「えっ……!?　わっ……」

シリウスが目を見開く。

触れ合った時間はほんの数秒。手を離し、シリウスを見つめると、彼の顔は驚愕に彩られていた。

そんな彼に、私は満面の笑みを浮かべて告げる。

「これが答え、じゃ、駄目?」

「スノウ!」

思いきり抱きしめられる。力強い抱擁に私はまた笑い、彼の背に己の両手を回した。

「……嬉しい」

耳元で囁かれた言葉に小さく頷く。

「うん」

「……ずっと一緒にいて」

「うん」

「君を、愛してる」

唇を寄せられ、目を閉じる。

熱い唇の感触に酔いしれながら私は、幸せとはこういうことを言うのだと感じていた。

終章　スノウ、言葉にする

シャロンの事件から、二週間ほどが過ぎた。

シャロンは実家に戻され、その後、外国の修道院へ出されたらしい。

生涯、この国へ戻ってくることはないと聞き、複雑な気持ちになった。正妃の殺人未遂と考えれば、相当に緩い処罰であることは分かっているのだけれど。

いつか彼女に会うことはあるだろうか。今の状況ではその可能性が低いことは分かっているけど、そんな日がくればいいなと願う次第だ。

変化はシャロンのことだけではなく、日常生活でも起こっていた。

なんとシリウスは、ついに残っていた妃候補を全員解任したのだ。

私だけを残し、それぞれの屋敷に返させたのである。

元々そのつもりであることは聞いていたが、予想よりも行動が早い。彼からはこの機を逃すものかという気迫のようなものを感じた。

命令を受けた彼女たちも思うところがあったのか、素直に荷造りをしてひとり、またひとりと去って行った。

つい先ほど、最後のひとりも出て行ったので、後宮にいるのは私ひとり。

もちろん世話をしてくれる女官たちやミラはいるが、静かな後宮は何だか落ち着かない。

何となく、後宮内を散歩して回った。

妃候補たちがいた大部屋も覗く。荷物がなくなった部屋は当たり前だが人の気配がなく、寂しい印象を受けた。

少し前まで、ここに大勢の人がいたのに。

何故だろう。妙に感傷的な気持ちになってしまう。

「スノウ」

ぐるりと一回りしたあと、最後に玄関ロビーを歩いていると、何故かシリウスが大階段を降りてきた。まさかそんなところから現れるとは思わなかったので、驚きだ。

「シリウス、いつの間に来ていたの？」

しかも時間はまだ午前。基本、夜にしか来ないシリウスがどうしてここにいるのだろう。

一階に降りてきたシリウスが私の前に立つ。

「ついさっきだよ。最後のひとりが出て行ったって聞いたから、君はどうしているかなと思って様子を見にきたんだ。そうしたら君のメイドに『お嬢様は後宮内を散歩しています』って言われたから」

「ええ。落ち着かなくて、後宮内を歩き回っていたの。何だか急に火が消えたような気持ちになって」

「君ひとりにこの後宮はちょっと広すぎるからね。……スノウ、私は今後も君以外の妃を迎える気はないよ。だからさ、後宮ではなく、私の部屋に越して来ないか？」

「え」

「いちいち後宮まで行かないと、君に会えないというのもいい加減ストレスでさ。自分の部屋に帰ったら君がいるっていいなって思うんだけど」

「………！」

シリウスを見つめる。彼は笑顔だったが、目は真剣だった。

本気の申し出であることは間違いない。

「え、ええと、私はどこでもいいけど……」

別に後宮内に閉じ込められているわけではなく、図書室に行ったり、庭を散歩したりはできるので、そこまで不便は感じていない。

そんな私にシリウスが言った。

「——私の部屋に越してきたら、もっと頻繁に堂々と天体観測ができるよ」

「行くわ！」

私にとっては一番嬉しい特典に、反射的に飛びついてしまった。

何せ、夜、後宮から抜け出すのはそれなりに面倒なので。

シリウスが来るようになってからは一緒に出られるようになったけど、もっと気軽に星が見られるのなら移動しないという選択肢はなかった。

「星を自由に見られるのなら是非！」

「……分かっていたけど、君ってそういう人だよね。それを利用する私も私だけどさ」

シリウスが苦笑する。私も自分が現金な自覚はあったので、そっと目を逸らした。

「……ごめん。別に星が見られないなら行かないとかではないから」

「分かってるよ。それじゃあ、来てくれるってことでいいのかな」

「ええ」

コクリと頷く。

後宮でひとりシリウスを待つより、同じ場所で暮らしたい。好きな人ともっと長く一緒にいたいという気持ちは私にだってあるのだ。

「ありがとう。嬉しいよ」

シリウスが優しく微笑む。そうしておもむろに跪いた。

何が始まるのか分からずキョトンとする私に、彼は言った。

「改めて君に乞うよ。スノウ、君を私のただひとりの妃として迎えたい。愛しているんだ。一生、君だけしか要らない」

目を見開く。

ポカンとする私に、跪いたままシリウスが言った。

「正式に求婚しているつもりなんだけどな。その……君ひとりって言っても、実際妃候補がまだ残っている状況だったから、真実味がないなって思っていて。全員返したら、改めてプロポーズしようと決めていたんだ」

「シリウス……」

「後宮は閉めるよ。父にもそう言ってある。私の子はスノウだけに産んでもらうって。……こんなこと言われて重いって思われるかもしれないけど」

「……ううん」

緩く首を横に振る。

重いなんて思わなかった。

シリウスが私だけを選んでくれたのが嬉しくて、それを形として見せてくれたのが本当に幸せだった。でも。

「……本当に、私だけって言ってしまっていいの？　私も大概重い女だから、もし将来あなたがやっぱり愛妾を娶るなんて言っても絶対に許さないと思うけど」

「いいんだ」

「……あなたの背中を、私以外に受け入れてくれる人だってこれから現れるかもしれないのに？」

彼が私を好きなのは、流れ星を喜び、痣を綺麗なものだと受け入れたからだ。

だから他にもそういう人が現れれば、そちらにも気持ちがいくのではないだろうか。

そしてそんなことになったら、私は許せるのか。

私だけと言われてさえなければ、仕方ないことだと受け入れるだろうけど、そうでないのなら……断固として拒否するのは目に見えていた。

だって、元々私は一夫多妻制なんて嫌だと思っていたのだから。

「ここで約束してしまったら、きっと私はそれを振りかざすわ。だからほんの少しでも可能性があるのなら、下手な約束はしない方がいい」

「大丈夫だよ。君以外好きにならないって断言できるから」

シリウスが立ち上がる。

そうして私に手を差し伸べてきた。

「確かに君を好きになった切っ掛けは、流れ星の話であり、背中の痣の話だ。だけどそれは本当に切っ掛けにすぎないんだよ。君と話していると楽しいし、寛げる。君は『変だと言われる』なんて言うけど、その変なところもいいなって思うよ。そうだな。誘拐犯の荷馬車から飛び降りて逃げてくる、なんてことができるなんて最高だって思うけど」

「あ、あれは……無我夢中で……！」

羞恥で顔が赤くなる。そんな私にシリウスは言った。

「君の行動全部が、私の心に刺さるんだ。これからこの背中を受け入れてくれる人は、もしかしたらいるのかもしれないけど、君みたいな人はいないって、そこは断言できるよ。君はとにかく色々と面白いからね」

「面白いって……」

「後宮を抜け出して、星空を眺めているあたりで、すでに面白いしかないよね」

「……………」

否定できなかった。

憤然としていると、シリウスが笑顔で告げる。

「そんなところが大好きだ。だから心配しなくていいんだよ。私はちゃんと君自身を愛しているんだから」

「……シリウス」

「君は安心して私の手を取ってくれればいい。私の側にいてくれるって、あの日約束してくれただろう?」

ほら、と言わんばかりに軽く手招きされ、笑った。

もうしょうがないなと思ったのだ。

私が抱える不安も全部分かった上で、シリウスは求婚してくれている。

そして大丈夫だから来いと言ってくれているのだ。

——ああもう、私ってば最高な人を好きになったみたい。

いつの間にか、不安は全部消えていた。

きっと私はシリウスとなら幸せになれるだろう。

彼と共に生きて行くと決めたことを、後悔なんてしないだろう。

それが分かった。

だから彼の手を取り、その言葉を口にする。

「ありがとう。私もあなたを愛してる」

初めて言ったはずなのに、何故か妙に口に馴染むような気がした。

笑っていると、シリウスが目を丸くする。

「えっ……スノウ、今……」

信じられないという顔をするシリウス。今まで一度も『好きだ』とも『愛してる』とも言わなかったから驚いたのだろう。

私も好きだと確信できるまでは言わないようにしていたし、確信できたあとも何となく気恥ずかしくて言葉にできていなかった。

でも、出し惜しみはこれで終わりだ。

シリウスがちゃんと言葉にしてくれるのなら、私も返そう。そう思えたから。

「聞こえなかった？　じゃ、もう一度言ってあげる。私、シリウスが好き。大好き。あなたのことを愛してる！」

これが私の誠意。
満面の笑みで告げるとシリウスは目を見開き、次に何とも幸せそうな顔をして私のことを抱きしめた。

END

あとがき

こんにちは、月神サキです。

このたびは拙作をお手に取っていただき、ありがとうございます。

普段は他社様にて色々書いております。代表作的なものもあるので、私をご存じない方は、ぜひ一度検索などしていただけたら嬉しいです。

今回、執着男が書きたくて、このお話を書きました。

一体どんな感じでヒロインに執着させてやろうかとニマニマしながらプロットを練りましたが、とっても楽しいことになりましたね。

自分のトラウマを払拭してくれる相手なんて、執着しないはずがありません。

作中にヒーロー視点が入っていますが、ああ、私はこういう男を書くのが好きだなあと改めて思いました。楽しかったです。

さて、今作のイラストレーター様はm/g《メグ》先生です。

先生とはこれまでにも何度かご一緒させていただきましたが、毎度、想像していた以上のイラストをいただいているので、今回もとても楽しみにしておりました。

そしてやってきたキャララフ！

まず、ヒロインが美人で可愛い！
こんなのトラウマ関係なく一目惚れするわと言いたくなる可愛さ。
ヒーローなんて一癖も二癖もあるイケメンで、私、大歓喜です。
この気難しそうな男が、ヒロインにはデレデレにデレるわけですよ。
最高じゃないですか？
美味しい！
m/g先生、お忙しい中、素敵なイラストをありがとうございました。

最後になりましたが、この本をお求め下さった皆様に感謝を。
皆様の応援のお陰で、今日も私は書き続けることができています。
これからも頑張りますので、引き続きどうぞよろしくお願いいたします。
それでは、また別の作品でもお目に掛かることができますように。

月神《つきがみ》サキ

人嫌いと聞いていた王太子様が溺愛してくるのですが？
～王太子妃には興味がないので私のことはどうぞお構いなく～

2024年2月5日　初版第１刷発行

著　者　月神サキ

発行人　菊地修一

発行所　スターツ出版株式会社

〒104-0031　東京都中央区京橋1-3-1　八重洲口大栄ビル７F
TEL 03-6202-0386（出版マーケティンググループ）
TEL 050-5538-5679（書店様向けご注文専用ダイヤル）
https://starts-pub.jp/

印刷所　大日本印刷株式会社

ISBN　978-4-8137-9306-9　C0093　Printed in Japan

[月神サキ先生へのファンレター宛先]
〒104-0031　東京都中央区京橋1-3-1　八重洲口大栄ビル７F
スターツ出版（株）　書籍編集部気付　月神サキ先生